土日月

Tsuchihi Light

機械《キカイ》仕掛けの《ジカケノ》最終《サイシュウ》勇者《ユウシャ》

登場人物
Characters
ティア
由緒正しき光の女神。
幼少期の出来事をきっかけに不良化。
草《くさ》場《ば》輝《てる》久《ひさ》
異世界で勇者をする羽目になった高校生。
説明のつかない事柄が大嫌い。
マキ
輝久の担当となった幼女女神。
アンドロイドなのに非常にポンコツ。

クローゼ
ガサツな女戦士。
ユアンの妹。
ユアン
好青年な魔法使い。
クローゼの兄。
ネイム
心優しき王女様。
パーティーのヒーラー。

序序章　初まりの始まり

「私、最強の女神を目指します！」

綺麗《きれい》に切り揃えられた金髪の幼い女神《めがみ》が、あどけないが意志の宿る声を神殿に響かせた。

父神であるアポロスは膝《ひざ》を屈めて、逞《たくま》しい手を愛娘の頭に乗せる。

「ははは！　その意気だ、ティア！　お前は由緒《ゆいしょ》正しい光の神の系譜《けいふ》なのだからな！」

アポロスは娘の頭に手を乗せたまま、やや芝居《しばい》がかった調子で指を神殿の窓へと向けた。

「ティアよ！　伝説の神剣を手に入れ、最強の女神となるのだ！」

「はい！」

ティアはサファイアのような青く美しい目を輝かせていた。同じ目の色の母神サリシュは、父娘《おやこ》の様子を呆《あき》れ顔で眺めていたが、やがて我慢できなくなったのか、アポロスにジト目を向ける。

「アナタったら。あるかないか分からない神剣なんかより、まずは神撃《しんげき》のマスターが先でしょう？」

「いや、サリシュ！　神剣の伝説は、神界黎明期《れいめいき》より代々語り継がれる――」

「はいはい。『神界最強の刃《やいば》』でしたっけね。男神達は皆、そういうの好きよねえ」

サリシュは夫に少し意地の悪い笑みを見せた。

「けど、何十万年探し求めても、誰も手に入れられないんでしょ？」

「うぐ……！」

悔しそうにアポロスは唇を噛んだ。サリシュはにこやかに微笑《ほほえ》んだまま、ティアに近付き、細い手で頭を優しく撫でた。

「ティア。最強じゃなくて良いの。『最高の女神』になってね」

優しい母に、ティアは笑顔を返す。そして、項垂《うなだ》れる父神にも笑みを向けると、

「それでは私、『最高で最強の女神』を目指します！」

そう宣言した。アポロンとサリシュは互いに顔を見合わせた後、

「うむ！　そうだ！　それが良い！　流石《さすが》は我が娘だ！」

アポロスが豪快に笑う。サリシュも肩をすくめつつ、穏やかに微笑んだ。

◇◇◇

「……ティア。ティア。起きてください」

自分の頭がコツコツと軽く叩かれていることに気付いて、ティアは顔を上げる。教育の女神シャロンが眉間《みけん》に皺《しわ》を寄せながら、中指で丸眼鏡を調節している。

「またお昼寝ですか？」

高等神学校の教室内では、椅子《いす》に腰掛けた同世代の若き神々が、ティアを見てクスクスと笑っていた。

「由緒正しい光の女神といっても、研鑽《けんさん》を怠《おこた》れば二流以下になってしまいますよ」

「すみません」

謝罪の言葉と裏腹にティアは悪びれる様子もなく、居眠りにより乱れた金髪を整える。幼い時は肩までしかなかった金髪は今や腰の辺りまで伸び、美しさが更に際立っていた。

シャロンがこほんと咳払いする。

「アナタは確か今日の午後から勇者召喚でしたよね？」

「大丈夫ですよ。救世難度Ｆの超簡単な異世界ですから」

「だからといって気を抜けば大変なことに――」

「は？　最低ランクの異世界でこの私が、ですか？」

「い、いえ、それはまぁ……」

シャロンは気まずそうにティアから目を逸らすと、中断していた授業を再開した。


「……あら。ティアよ」

「最近、素行の良くない神々とつるんでるらしいわ」

「昔は可愛くて良い子だったのにねえ」

高等神学校の授業が終わり、神殿内にある召喚の間へと歩くティアを見て、ヒソヒソと年配の女神達が喋っていた。ティアが視線を向けると、女神達はさっと目を逸らす。

（ああ、面倒くさい）

そう思いながら、ティアは黙々《もくもく》と歩く。何が高等神学校よ。何が勇者召喚よ。

幼い頃は宝石のようにキラキラ輝いていたティアの碧眼《へきがん》は今や、その輝きを弱めていた。

何故なら、ティアは知った。知ってしまった。どんなに足掻《あが》いても手に入れられない物と、到達できない地点がある。

ある日を境にティアは全てを諦めた。努力を放棄して、父神アポロスに反発し、母神サリシュを悲しませた。その結果、最低難度の異世界攻略を割り当てられる始末だ。

それでも怒りは感じない。サファイアのような碧眼は諦観で満ちている。

歩きながら、ティアは思い出すともなく、幼い頃を回想していた。


辺りは薄暗く、カビ臭《くさ》い。幼いティアの目の前に、両腕を鎖《くさり》に繋《つな》がれた女神がいる。

女神は痩《や》せこけて目は窪《くぼ》んでいたが、その眼光は鋭く、ギロリとティアを見据える。

『【神界最強の刃】？　ひひひひひ！　あるかよ、そんなもの！』

牢屋の壁に磔《はりつけ》にされた女神が、けたたましい声で嗤《わら》う。まるで魔物のようで、ティアは怯《おび》えて泣きそうになる。

『そ、そんなことはありません！　一生懸命努力すれば、伝説の神剣が手に入るのです！　そして、私は最高で最強の女神になるのです！』

父神に幾度も聞かされた言葉を泣き声で叫ぶ。震えるティアを女神は興味深そうにしばらく見詰めていた。

『可愛い可愛いお嬢ちゃん。いいかい。アタシはもうじき処刑される。だからその前に……』

じゃり、と鎖が擦《こす》れる音がした。女神の両腕を拘束していた鎖はティアが思っていたよりも長かった。幽鬼《ゆうき》のような顔が、いつしかティアの眼前に迫っている。

『ひひひひひひ!! お嬢ちゃんに良いことを教えてやるよ!!』

……ぶるっと身震いして、ティアは立ち止まる。深呼吸した後、過去の亡霊を振り払うように首を大きく横に振った。

気分を変える為に、勇者召喚リストを見る。今回担当する勇者の名前と、その下に、攻略する難度Fの異世界が太字で記されている。

「『草場《くさば》輝久《てるひさ》』――そして『異世界アルヴァーナ』か」

そう独《ひと》りごちると、ティアは早足で召喚の間に急いだ。

序章　忘れられない一日

右手は父親に、左手は母親に繋がれて少年は歩く。家族で向かう先は、遊園地で催《もよお》されているヒーローショーだ。

幼い草場輝久の目の前で、ヒーローが着ぐるみの怪人を蹴散らしていく。輝久は大好きな特撮ヒーローの活躍に興奮して、大きな声を上げて応援していた。

……ふとした時に輝久が思い出すのは、両親とのそんな思い出だった。散歩、遠足、遊園地。どこにいても輝久は二人に挟まれて、にこやかに笑っていた。

しかし、輝久の幸せは、小学二年生の夏に終わりを迎える。

離婚の為、荷造りをする母親に輝久は泣きながら尋ねた。

「ママ。どうして？」

「ごめんね。色々考えた結果なの」

「ねえ、理由は？」

母は答えず、儚《はかな》げに笑った。

輝久は父親の部屋に行き、同じ質問をする。

「理由は特にないんだよ」

父もまたそう言って、寂《さび》しげな笑顔を見せた。

（何で？　理由がないのに、どうしてパパとママは別れちゃうの？）

二人が激しい言い合いをしている場面を何度か見たことがある。ケンカが原因だと輝久は思っていた。なのに、二人は違うと言う。

（じゃあ、どうして？）

幼い輝久には、両親が離れる原因がどうしても理解できなかった。

もう一度、三人で手を繋いで歩きたい。遊園地に行きたい。いや、テレビを観ながら、夕飯を食べるだけで良い。

なのに。

輝久は布団に潜《もぐ》って泣きながら、何度も同じ言葉を頭の中で繰り返した。

（どうして？　どうして？　どうして？　どうして？）

◇　◇　◇

「……だから、どうしてあんなことになるんだよ。ムチャクチャだったぞ、あの映画」

映画館を出た後、歩きながらぼやく輝久の不満げな顔を見て、眼鏡で小太りなクラスメイトの石《いし》谷《たに》憲《けん》次《じ》は顔をしかめた。

「面白かったろ！　『異世界生活から始まる最強勇者の不思議なダンジョン攻略』！」

「面白くなかったし、タイトルも長いし、高校二年生になって見るような映画じゃない」

憲次は小さな溜め息を吐《つ》いて、肩を落とした。

「テルが異世界もの嫌いって知らなかったんだよ。知ってたら映画に誘わなかった」

「全然嫌いじゃないけど」

輝久は、流行の異世界系小説には一通り目を通している。ＲＰＧをプレイするのも好きだったし、むしろ憲次より異世界ものに熟知している自信がある。輝久の不満は、好き故の不満であった。

「スカッとしないんだよ。伏線がないって言うか」

「伏線？」

「主人公、中盤で理由もなくいきなり強くなったろ。意味分かんなくね？」

「そ、それは……強敵に追い詰められて覚醒《かくせい》したんだよ！」

「追い詰められた時、唐突に必殺技の名前叫んだよな。何だっけ。『中央連絡船』だっけ？」

「『獣王炎殺剣《じゅうおうえんさつけん》』だよ！　カッコ良かっただろ！」

「いつ決めたんだよ、その必殺技の名前？」

「難癖《なんくせ》付けるなって！　そういう時は、込み上げてくるんだよ！　心の奥から！」

「絶対、込み上げてこねえだろ。『京王高尾線』とか」

「獣王炎殺剣だって言ってるだろ！　絶対に敵を倒すっていう熱い思いが溢《あふ》れて、無意識に叫んじまうの！」

憲次が怒って叫ぶが、輝久もつまらない映画に付き合わされて鬱憤《うっぷん》が溜まっていた。

「主人公、ほとんど活躍してねえし。最後だって、うやむやのうちに終わったしさ」

「いいんだよ！　あれで世界は救われたんだから！」

「知ってるか、憲次。ああいう、ご都合主義的な展開を『機械仕掛けの神』ってんだ」

「き、機械仕掛けの神？　何だよそれ？」

困惑した表情の憲次を前に、輝久は人差し指を立てて得意ぶる。

「デウス・エクス・マキナとも言う。いきなり出てきた神が、無茶な方法で問題を全て解決しちまうんだ。そこには伏線も因果関係も、主人公の努力や成長だってない。つまり見ていてスカッとしない。で、さっきの映画がまさにそんな感じ。だから面白くないんだよ」

「不満ばっかだな！　もうテルは二度と誘わねえから！」

「俺は理由や説明がない話は嫌いなんだ。それだけ」

「いいだろ、別に！　理由なんてなくても！」

「導入からしてご都合主義だったよなあ。トラックに轢《ひ》かれて異世界転生とか、ありきたりすぎ」

輝久はそう言って笑う。憲次は怒り心頭に発した勢いで言い返す。

「じゃあ、どうすりゃ良い導入になるんだよ！」

「うーん。分かんないけど、何ていうか、もっと自然に……」

輝久は歩きながら、顎《あご》に手を当てて思案する。憲次を言いくるめることに集中していたせいで、輝久の意識は散漫《さんまん》だった。

「お、おいっ!!　テル!!」

怒っていた筈《はず》の憲次が突然、慌てた声を出す。振り返ると、憲次の顔は驚愕《きょうがく》の色に染まっていた。

その視線の先は輝久ではない。

スローモーションのようにゆっくり動く世界で、輝久は憲次の視線の先を見た。トラックならぬSUVのフロントが輝久の眼前にあった。

「え」

間の抜けた輝久の呟きは、衝突の轟音《ごうおん》に掻《か》き消される。見通しの悪い交差点で、骨と命を砕く壊滅的な音が響いた。痛みを感じる暇すらなく、輝久の全身を凄まじい衝撃が貫き、体が宙を舞う。

薄れゆく意識の中で輝久は思う。面白くないだの、ご都合主義だの、散々愚痴《ぐち》ったせいで、俺は異世界小説の神の怒りを買ったのだろう。きっと、そうに違いない。

だってそうでなければ、こんな異世界ものにありがちな死に方なんてする訳がない。

◇　◇　◇

「嘘……だろ……！」

愕然《がくぜん》として輝久は口を開く。今まさに交差点で車にはね飛ばされた筈の自分が立っているのは、現実味のない広大な空間であった。

致命傷確実な大事故に遭《あ》ったのに怪我一つなく、透き通る湖の上に佇《たたず》んでいる。そう、沈まずに何故か立っている。鏡のような水面が青空を反射して、白い雲が映っていた。

どこまでも続く水平線。幻想的な空間は、あえて地上にある場所に例えれば、ウユニ塩湖に近かった。

「マジかよ……!!　お、俺……死んだのか……!!」

輝久は絶望に満ちた声で独りごちる。先程の映画に出てきた、辺り一面真っ白な死後の世界より、輝久の居る場所はもっとファンタジーで非現実的だった。

現状把握もそこそこのうちに、更なる奇怪なことが起こる。いつしか、輝久から数メートル離れた水面の上に、古めかしい扉が出現していた。

あんな扉はついさっきまで無かった筈。凝視していると、金色のドアノブが僅《わず》かに動く。何者かが扉を開けて出てこようとしていた。

その瞬間――輝久の頭は突如《とつじょ》、青空のように澄み渡った。動揺を忘れて冷静に、扉から出てくるであろう者を推測する。

厳密に言えば、それは推測とは違った。まだドアは開いていないのに、輝久の脳裏《のうり》にはハッキリとした女性のビジュアルが浮かんでいた。

（きっと、金髪の美しい女神が扉から出てくるんだ。白いドレスを着て、サファイアみたいな青い目の……）

どうしてそんなにも明瞭《めいりょう》なイメージが浮かんだのか、輝久は一瞬分からなかったが――。

（さっきの映画と、今まで読んだ異世界ものの影響だろうな）

自身が納得できる理由を付けた時、扉がゆっくりと開かれる。結末の分かった物語を見るように、輝久はどこか冷めた眼差《まなざ》しでその様子を眺めていた。

しかし……扉が開いても、そこには誰もいなかった。

きょとんとする輝久。その途端《とたん》、扉の向こうから、もうもうと白煙《はくえん》が溢れ出る。

扉の周囲に広がった煙の中から、ウィーン、ガシャン、ウィーン、ガシャン――機械音がする。姿の見えない何者かが、輝久に歩み寄ろうとしていた。

「ひっ⁉」

恐怖を感じて、輝久は叫ぶ。

煙が晴れ――今、輝久の目前には、メイド服を着た銀髪の幼い女の子が立っていた。顔は整っており、はっきりとした目鼻立ちの美少女。だが、よく見ると、彼女の肌には光沢があり、まるで動く人形のようであった。

「な、何だ⁉　誰だよ、お前⁉」

あまりにも想像と違ったせいで激しく動揺する輝久の前で、幼女はウィーンと音を出しながら細い手を自分の胸に向けた。

「草場輝久さんデスネ。私はマキ。アナタの担当女神デス」

第一章　マキ

「お、俺の……担当女神……？」

呆然《ぼうぜん》とする輝久の手を、マキという自称女神が握った。

「初めましテの握手デス」

「うおっ⁉　冷たっ‼」

人形っぽい肌の外見そのままに、マキの手はひんやりしており、しかも硬かった。

女神だという本人の言葉を信じるなら、輝久の予想は半分当たっていた。しかし、どこかイントネーションの外れた甲高《かんだか》い声に、生気の感じられない硬い肌。

輝久は、自分の腰辺りまでの身長しかない体格のマキをまじまじと眺める。

よく見れば、ガラス玉みたいな目の下に、継ぎ目のような線が顎まで走っている。パッツンに切り揃えられた銀色の前髪。マネキンのような肌。動けば、ウィーンと機械音。確かに人間とは思えない外見である。

いやでも、あの……コレ、女神っていうか……。

「アンドロイドじゃん!!」

輝久は遂に叫び、マキに握られていた手を振りほどいた。

(設定ムチャクチャだろ!)

輝久が想像したのは、金髪で碧眼。ドレスを着て、スラリとした美形の女神だった。だが目の前にいるのは、メイド服を着た美少女型アンドロイド。いや、何だコレ!

突然死の後、気付けば妙な空間にいて、女神が現れる――そんな異常事態よりも、輝久はマキの外見の方に気を取られていた。だから、

「草場輝久サン。どうしテ、アナタは泣いテいるのデスか?」

「へっ?」

マキにそう言われた時、輝久は驚いた。指を目の下に当てると確かに涙が零《こぼ》れている。

「あ、あれ。何でだろ?」

「怯えテいるのデスネ? 無理もありまセン。亡くなっタと思った瞬間、こんな所に来たのデスから、さぞヤ動揺するでショウ」

確かに急にこんなことになれば、誰しも慌てふためくとは思う。

(けど……動揺したからって泣くか? そんなこと今までなかったけど。いやまぁ、死ぬなんて初めての経験だしな……)

理由や説明がないことが大嫌いな輝久は、どうにか納得できる材料を自分で探していた。すると、

「マキがお慰メいたしマス」

そう言いながらマキが輝久に寄り添ってくる。奇妙な外見に面食らったが、よくよく見れば……。

(あはは。結構、可愛いかも)

そんな輝久の思考は下半身の違和感で遮られる。

「ヨシヨシ。オー、ヨシヨシ」

マキは小さな両手で、輝久の股間《こかん》をさすっていた。

「オォォイ!?　どこ触ってんの!?」

「人間は悲しイ時、撫でてあげルと良いと、脳内のデータベースにありまシタ」

「普通、頭だろ、撫でるのは!!」

いきなり股間を触られて動揺しつつ、輝久は言葉を荒らげる。

「だ、大体、別に俺、悲しくねーし！　泣いたのはきっと、急激な環境の変化に於《お》ける一種の精神錯乱《さくらん》状態で！」

取り繕《つくろ》うように、涙の原因を説明する。しかし、マキはどこ吹く風だ。

「とにかク、マキはこれからラ、草場輝久サンのお世話を致しマス」

「お、お世話？」

「ハイ。マキと草場輝久サンは一緒に冒険をするのデス」

「それって、もしかして異世界攻略みたいな？」

「その通りデス。草場輝久サンは勘がよろしいデスね……ンー……」

「どうした？」

「今後もフルネームで呼び続けルと仮定しましタ所、結構なタイムロスが発生しそうデス。省略して『テル』と呼ばせテいただいてよろしいでショウか？」

「名前とか、どうでも良いけど……ってか、お、おい！　何か垂れてるぞ？」

輝久は気付く。メイド服のスカートの下。マキの股から黒い液体がポタポタと湖面に垂れていた。

「オイル漏《も》れデス。考え事をしていたのデ、下半身の制御が疎《おろそ》かになっテいタ模様デス」

「そっちの方がお世話が必要なんじゃないの!?」

輝久が大声でツッコむと、マキは懐《ふところ》に手を入れ、白いハンカチを取り出した。手をウィーンと差し伸べて、それを輝久に渡す。

「お願いしマス」

「何で俺が拭くんだよ!!」

輝久は顔を赤くして叫ぶ。マキは人間で言えば、小学生の女の子くらいの外見である。そんなマキの股を拭くなど、恥ずかしくてとてもできることではなかった。

「そうデスか」

少し寂しげな顔をした後、マキは自らハンカチを持って、垂れたオイルを拭き始めた。

「変な女神……ってかホントに女神かよ？」

「女神デス。でもマキは生まれタばかりなのデ、何の女神か分からないのデス」

「えええ……！　自分のこともよく分からない女神が俺の担当なの……？」

不安げな顔を見せる輝久に、マキが言う。

「もちロン、知っていることもありマス。テルとマキが一緒に冒険しテ救済する異世界ハ『アルヴァーナ』と言うのデス」

「ふーん。異世界アルヴァーナか」

マキの言葉を繰り返しながら、マジに異世界小説みたいな展開だな、と輝久は思った。無論、女神がアンドロイドっぽいことを除いてだが。

「それでは、アルヴァーナに出発デス」

「いや『出発デス』じゃねえよ。もっとちゃんと説明しろ」

聞きたいことは山積みだが、何より先に確認しておかねばならない大事なことがあった。

「マキ、だっけ。そのアルヴァーナとかいう異世界を攻略したら、俺は日本に帰れるんだろうな？」

友人の憲次なら、異世界に永住したいなどと考えるかもしれないが、輝久は違う。異世界はフィクションとして楽しむものであり、リアルに生活する所ではない。自分が事故死したと知れば、父と別れてから女手一つで育ててくれた母親が悲しむだろうし、そもそも、水道、電気なんか絶対ないであろう異世界で暮らすより、インフラの整った日本の方が一億倍マシに決まっている。

「少々おまちくだサイ。確認いたしマス」

突然、マキの目が明滅する。そしてマキの頭部から『カリカリカリ』と時代遅れのＨＤＤ《ハードディスクドライブ》パソコンに似た音が響いた。

「マジでロボっぽいな……！」

脳内のデータベースとやらにアクセスしているのだろう。マキは一分間程無言だったが、遂に目が点灯を止めて元に戻る。そして「確認できましタ」と言った。

「タブン、何となくデスけども、元の世界に気持チ、戻れルような気が致しマス」

「適当すぎん!?　ずっとカリカリやっといてソレ!?」

いやハッキリさせといてくれよ！　そこメチャメチャ大事なとこだろ！

一見、知的そうに見えた美少女型アンドロイドは、実際はポンコツなのかもしれなかった。

(生まれたばっかって言ってたし……よく分かんないけど、ビギナー女神なんだろうなあ)

輝久は溜め息の後、自分の髪の毛をクシャクシャと掻く。

「なぁ、マキ。最初に言っておくぞ。俺は理由や説明がないことが大嫌いなんだ」

「そうなのデスか」

輝久がそんな風に思うのは、幼い頃、両親に説明もなく離婚されたからである。以後、輝久は物事に対して、常に理由と説明を求めていた。

「だから、ハッキリさせておいてくれ。たとえば元の世界に戻ったとして、車に轢かれなかったことになるのか？　もしくは轢かれた体が再生するとか？　どうなんだ？」

するとマキは真っ直ぐ前を見据えて言う。

「アルヴァーナに出発デス」

「話、聞いてた!?　ねえっ!?」

マキにイラついた時、急に輝久の体勢が崩れた。「は？」と驚き、視線を下げれば、鏡面のような湖に体が沈んでいく。

「うわわわわ!?」

焦って叫んだ時には、輝久の全身はすっぽりと湖の中に吸い込まれていた。

水平線が見えた幻想的な空間から、今度は地平線が窺《うかが》えるだだっ広い平原へ転移していた。輝久の隣にはメイド服の幼児アンドロイドがいる。

「まだ話の途中だったろ!!」

「申し訳ございまセン。早く行った方が良い気がしたものデ」

「何で!?」

「何となくデス」

「だから俺、そういうの嫌いって言ったよね!?」

輝久は怒って叫ぶが、マキは何食わぬ顔だ。もっと文句を言ってやりたかったが、輝久の髪を涼やかな風が揺らす。

(此処《ここ》が異世界アルヴァーナか……)

日本では考えられない広大な土地。例えるならアメリカ北部の大草原といった感じだろうか。輝久はどうにか人が通れる程度に舗装された道の上に立っていた。道は小高い丘に通じており、丘の上には大きな木が見える。

突如、マキからウィーンと機械音がした。

「ど、どうしたんだよ?」

マキが目を明滅させながら口をパカリと開くと、レシートのような細長い紙が口から排出される。

マキはそれを輝久に見せると——。

「地図デス」

「そんな出し方!!」

ツッコむが、マキは口から出した細長い地図を眺めている。

「アナログだなあ。マップとか脳内のデータベースに入ってないのかよ。ロボっぽいのに」

輝久はブツブツ言いながら、幼児体型のマキが持つ地図を見る為、足を屈めた。小さな簡略図に、びっしりと細かく図形が描き込まれている。輝久は自分がどこに居るのかすら見当が付かなかった。

マキが平坦な口調で言う。

「此処はタブン『ノクタン平原』という場所デス」

「タブンって何だよ」

疑わしく思いながら改めて周囲を見回す。暖かい日差しに、鳥のさえずり。のほほんとした平穏な雰囲気が漂っている。

ふと、輝久は気付く。草道の傍、頭部に角がある兎《うさぎ》が跳ねていた。

「一角兎《いっかくうさぎ》ってやつか。まだ武器とか持ってないけど倒せるかな?」

元々、異世界ものが好きな輝久である。初めてのモンスターに少し興奮して腕まくりするが、マキは人形のように整った顔を僅かに引き攣《つ》らせた。

「暴力反対デス。動物虐待《ぎゃくたい》は良くありまセン」

「ええっ！　アレ、悪いモンスターじゃないの？」

「脳内のデータベースによるト、アルヴァーナに住むモンスターの殆《ほとん》どは平和的で穏やかデス。アルヴァーナは最低難度の異世界なのデ」

「さ、最低難度？　じゃあ、この世界の攻略って何すりゃいいんだ？」

「端的に言えバ、野菜を盗ムようなイタズラモンスターを見つけテ、ポカポカ叩いて懲《こ》らしめるのデス」

「ああ……そんな感じのアレなんだ……！」

「ハイ。そんナ感じのアレデス」

ガクッとして肩の力が抜ける。マキの説明から、生き死にを懸《か》けたバトルとかそういう感じには全然ならなさそうだ。

(けどまぁ、そんな世界観なら早く攻略できそうだな。とりあえず日本に戻れると信じて、頑張るしかないか)

輝久は静かな決心をした。マキが丘を指さす。

「あの大きナ木の向こウに町があるみたいデス。名称はタブン『ドレミノの町』デス」

「さっきからタブン、タブンって……」

輝久は、ともかくマキと一緒に、大木のそびえる丘に向けて歩き出した。

「あっ、そうだ！　俺のスキルは？　あるんだろ、そういうの！」

「存じ上げまセン」

「マジか、お前……！」

知らないことの多い案内アンドロイドのせいで、ほんの少し出かけていた輝久のやる気がしぼんだ時——突如、空が白み、閃光《せんこう》と耳をつんざく轟音がノクタン平原に轟《とどろ》いた。

「な、な、何だ、今の⁉」

輝久は慌てて音がした方を凝視する。目指していた丘の上の大木が真っ二つに裂けていた。

「雷……？」

輝久は空を見上げる。さっきまでと同じように、穏やかな晴天が広がっている。

（あれ？　これが異世界の天候なのか？）

しかし、マキもまた、辺りをキョロキョロと見回して戸惑っているようである。そして……。

「何だ、アレ……？」

輝久は呟いて、目を細めた。巨大な二つの消し炭となった大木の傍に、黒いドレスを着た背の高い女性が立っており、こちらをじっと眺めていた。漆黒《しっこく》のドレスと同じ、ぞろりとした長い髪が腰まで届いている。耳と唇にピアスを付けているのが確認できた。

「お、おい！　アンタ、大丈夫か？」

雷のせいで怪我をしたのではないかと思い、輝久は駆け寄ろうとしたが、すぐに女の異様さに気付いて足が止まる。

一見、美人だが、生気を感じさせない血色の悪い肌と顔。アルヴァーナに来たばかりの輝久だが、丘の上に佇む女は、どこかこの平穏な異世界に似つかわしくない不気味な気配を漂わせているように思えた。

女は古めかしい懐中時計のような物を手にしており、それと輝久達を交互に見て、にやりと笑う。

「ほほ……こんなに早く出会えるとは……」

そして、漆黒の髪を土気色《つちけいろ》の手で掻き上げる。

「今日は朝から髪の調子が良くてね。どうやらツキがあるようだ……」

また「ほほほ」と笑う。どうも怪我をしている様子はない。輝久は隣のマキに尋ねる。

「なぁ、マキ。アレ、俺の仲間とかじゃないよな？」

「……」

マキは女を見たまま、固まったようにピクリとも動かなかった。

「マキ？」

代わって女の方に動きがあった。丘を下り、ゆっくりと輝久の方へ歩いてくる。妖艶《ようえん》だが、不気味な笑みを湛《たた》えたままで。

「だ、誰だよ、アンタ!?」

不安が募り、輝久は叫ぶ。ゆっくりと歩み寄りながら、女は大きく口元を歪《ゆが》めて笑った。

「戴天王界《たいてんおうかい》……覇王《はおう》……不死公《ふしこう》ガガ……」

「は？」

不意に、女の口から黒い血液がボタボタと零れ落ちる。続けて目や鼻からも、ドス黒い血が流れて地面に垂れた。急激に訪れたスプラッター展開に輝久は叫ぶ。

「うおっ⁉　何アレ、怖い‼」

「贄《にえ》たる女神に、贄たる勇者よ……地獄へ……ほほほ……ようこそ」

ガガと名乗った女の背後から、ぶわっと拡散する黒いオーラ。輝久は一瞬、目の錯覚かと思ったが、そうではない証拠に女の足元の草が、オーラに触れて即座に枯《か》れ果てる。

「ま、マキ‼　アレ絶対、敵だよな⁉　モンスターなんだよな⁉」

「……」

「ちょっと⁉　何フリーズしてんだよ‼」

マキはガガを見詰めたまま思考停止したように固まっている。その間にも、ゆっくりと、だが着実にガガは輝久達の方に近付いてくる。

（まだ武器も持ってないのに！　それに、よく分かんないけど強そうだ！）

不死公ガガと名乗った敵は、マキが先程言っていた『野菜を盗ムようなイタズラモンスター』には全然見えなかった。不安が胸の辺りまで這《は》い上がってきて、輝久はマキの小さくて硬い肩を激しく揺さぶる。

「おい、マキ‼　マキってば‼」

放心状態のようにガガを見詰めていたマキが、ようやくパカッと口を開く。そして、

『ウー、ウー、ウー、ウー、ウー！』

「何ソレ⁉　サイレン⁉」

マキから警報のようなサイレン音が発せられた。サイレンが終わり、マキはガガを見据える。

「邪悪なオーラを感知いたしまシタ！」

「それは、見りゃあ分かるだろ！　って……わぁっ!?」

突如、マキがぐるんと白目を剥《む》いた。そして眩《まばゆ》い光を両目とメイド服の下から放つ。

「眩《まぶ》しっ!?　どうして急に光り出した!?」

『トランス・フォーム』

エフェクトの掛かった声がマキから聞こえた。今までのマキの声は、アンドロイドっぽいが、女児のものだと判別できた。しかし、今聞こえたのはより一層、機械音じみており、しかも大人びた女性の声だった。ただ、そんな声の変化など輝久の頭から吹き飛ぶ事態が続けて起こる。

マキの体が光り輝き、マネキンのようだった肌色の皮膚《ひふ》がメタリックなボディに変化。銀色となったマキの全身に、更にピシッと亀裂が入る。両腕、両足、首が分離して——マキの五体はバラバラになって宙に浮遊した。

「ヒィイイ!?　こっちも怖い!!」

血をボタボタ零しながら向かってくる女と、突然バラバラになった美少女アンドロイドに、テンパる輝久。そんな輝久に、浮遊していたマキのパーツが飛来する。

「うわあああああ!?　飛んできた!?　何コレ、マキ!?　マキちゃん!?」

マキのパーツは変形しつつ、輝久の五体に接着するや、一層激しく発光する。輝久は、燃えるような熱さと光を全身に感じながら絶叫する。

「ちょっとオオオオ!?　何が起こってんの、コレえええええええええ!?」

輝久の体は、すぐに熱と光を失う。全身から蒸気のような白煙を発散させながら――輝久は異様な形状の戦士と化していた。

第二章　ラグナロク・ジ・エンド

「え……！　お、俺……コレは……？」

視線を下げて、自らの体の様子を窺う。光沢のある全身メタリックな鏡面ボディ。輝くシルバーの腕は鏡のようで、自身の頭部が映っている。マキの髪色を更に輝かせたような、メタルのフルフェイス。眼部には遮光性のある黒いアイシールドが横一文字に伸びている。

「こ、これって、もしかして……！」

五体バラバラのマキのパーツがくっついたと思った瞬間、輝久の体は変化した。

（つまり、マキと俺が合体したのか!?）

ガガもまた足を止め、物珍しそうに輝久の変化を眺めていた。その隙に輝久は自分の全身を確かめる。胸部には僅かな隆起があり、女神を象《かたど》ったレリーフが彫られていた。成熟した美しい女神の顔の彫刻だ。

「お前、マキ――なのか？」

呟いた刹那《せつな》、女神のレリーフが小さな口を開く。

『異世界アルヴァーナに巣くう邪悪に会心の神撃を……』

不意に自身の胸から漏れた大人の女性の機械音声に戸惑う輝久。しかも体は、輝久の意思とは関係なく動き出す。

「は!?　ちょ……ええっ!?」

腰をやや屈め、ゆっくりと両手で円を描く動作をした後、ピタリと止まる。そして、片腕を伸ばし、不死公ガガに人差し指を向ける。

胸の女神から、感情の欠落した声が平原に響く。

『終わりの勇者——ラグナロク・ジ・エンド』

「ダッサ!?　何だよソレ、マキ!?」

輝久は胸の彫刻に向かって叫ぶが、無言。口を開いたのはガガの方だ。

「ほほ……妙な形状の全身鎧《フルプレート》だ……」

(いや鎧《よろい》ってかコレ、そもそも勇者じゃなくね!?)

心の中でツッコむ輝久。目に見える範囲でチェックした外見は、輝久が子供の時に大好きだった特撮ヒーローに酷似している。

(異世界なのに特撮もの!?　『終わりの勇者ラグナロク・ジ・エンド』って!?　中二病全開でバカみたいじゃん!!)

しかも、終わりって二回言ってるし……などと憤《いきどお》っていると、突然、輝久の意思とは無関係に首が前方を向いた。ラグナロク・ジ・エンドに変身した輝久は、「ザッ」と土を踏み鳴らし、ガガに向かっていく。

「うわっ⁉　勝手に動く⁉」

先程ポーズを決めた時と同様、輝久の体は自動的に動き、ガガに対して勇猛に歩みを進めていた。胸元からまた声がする。

『アニマコンシャスネス・アーカイブアクセス。分析を開始します』

「勝手に動くし、勝手に喋る‼　コレ、俺なんだよね⁉　俺の意思は⁉」

輝久の声に反応はなかったが、視界に変化があった。膨大な赤き数字の羅列《られつ》が、頭部を覆うアイシールド上を凄まじい速さで流れていく。

『45……343……1187……4678……16789……22875……39857……45512……50003……66665』

(何だ？　今の数字？)

『分析が完了しました』

胸の女神の言葉から、どうやらガガの分析をしていたらしい。ラグナロク・ジ・エンドが歩みを止める。いつしかガガは、ほんの数メートル先で黒い血をボタボタと地面に落としていた。ガガの皮膚はただれており、骨が露出している箇所もある。近くで見ると、まるで動く死体のようで、怖《おぞ》気《け》のする容貌《ようぼう》だった。

「な、なぁ。アイツ『不死公』って言ってたし、アンデッドとかゾンビ系なんじゃないか？」

今まで見聞きした異世界ものの知識を元に、輝久も自分なりに分析しつつ、胸の女神に話しかけてみる。だが、相変わらず返事はない。

「ほほほ……お手並み拝見」

ガガがそう言って、数メートル先で両手を広げた。

「何かやろうとしてるぞ！」

イヤな予感がして輝久は叫ぶ。

「おい！　ラグナロク・ジ・エンド！　何とか言えってば！　ラグナロク！　ジエンド！」

胸の女神に向けて、名前を連呼する。すると、ようやく反応があった。

『敵の先制攻撃にはファイアが有効です』

「ファイアの魔法！　そんなの使えるのか！」

女神のレリーフの言う通り、アンデッドには火の魔法が有効だろう。ほんの少しだけ意思が通じたと輝久は思った。

(ジエンドって呼びかけたからかな？　ただの偶然かもしれないけど)

そんなことを思っていると突然、ウィーンと背中から機械音が聞こえた。そして輝久の——『ジエンド』の背中から、筒状の突起が十数基、出現する。

「……は？」

少しだけ動かせた首で、自身の背を見て呆然とする輝久。呆気《あっけ》に取られていると、胸元からエフェクトの掛かった女神の声が響く。

『グレイテストライト・オールレンジ——ファイア《発射》』

途端、ジエンドの後背部から、目も眩《くら》む光線が十数条、空へと一斉に射出される。

「いや、思ってた『ファイア』と違うんだけど⁉」

輝久は呪文を唱えて放つような、炎の魔法を想像していた。全く魔法っぽくない十を超える熱光線は、ガガに向かうと思いきや、てんでばらばらに屈折し、ほとんどが地面に着弾した。地中に穴を開け、そこから白煙だけが虚《むな》しく立《た》ち上《のぼ》っている。

「つーか、どこ狙ってんだよ！　当たってないぞ！」

「へえ。お見事……『黒流魔弾《こくりゅうまだん》』が発動前に防がれるとは……」

ガガが低い声で意味不明なことを呟く。すると、光線によって地中に開いた穴から「キシャア」と断末魔の叫びを上げながら、複数のナマコのような黒い生物が這い出てくる。

「でっかいナマコ、いっぱい出てきた⁉」

ナマコは苦しげに唸《うな》った後、その体をグチャッと黒い液体へと変化させる。辺りを見回すと、地面に十数箇所もの黒い水溜まりができていた。

状況がよく把握できない輝久。更に――。

「ほほほほほほほ！」

けたたましい笑い声が聞こえて、輝久はガガに視線を向ける。何とガガの頭部を含む全身に穴が開いており、硝煙《しょうえん》の如《ごと》き煙が立ち上っている。

（あ、当たってたのか、さっきの光線⁉　ってか……）

「ポカポカ叩いて懲らしめる程度じゃなかったのかよ⁉」

敵は体中、穴だらけ。少なく見積もっても致命傷。なのに――。

「やるじゃあないの……」

穴だらけのガガから、声がした。開いた穴から、ウゾウゾと蛆《うじ》のようなものが這い出てきて肉体を補修している。

「さ、再生した……！」

あっという間に元通りに体を復元し、ガガは落ち着いた声を出す。

「聞いていた話と違う。こちらも本気を出さなければね……」

ガガから漆黒のオーラが拡散する。次の瞬間、額に縦長の目が現れ、腋《わき》の下からは腐敗した新たな腕が出現する。

「ほほ！　ほほほほほほほほほほほほほ！」

(変身まで、すんのかよ！)

四本腕になり、より異様さを増したガガ。体から放出される邪悪なエネルギーによって、ガガの立っていた地面が罅割《ひびわ》れる。そのままジエンドに対して四本腕を前方に構えると、各々《おのおの》の爪が五十センチ近く伸長した。

「アレ、ホントに最初の敵なの⁉」

ガガの変身を見て、絶叫する輝久。異世界に来て、初めての戦闘とはとても思えない。胸の女神が小さな口を開く。

『不死公ガガの攻撃に対処する為、ラグナロク・ジ・エンドのステータスを向上させます』

「え‼　俺もパワーアップするの⁉　ってか、できるのか⁉」

『草場輝久の潜在能力を9999・99％、引き出します』

「よし、分かった!!　……って、引き出しすぎじゃね⁉　そんなに引き出したら俺、死んじゃわない⁉」

『……』

「何とか言えよ!!」

『リミッターブレイク・インフィニティ』

有無を言わせぬ女神の声が響いた途端、輝久の体は変身時よりも熱くなり、強く発光する。ジエンドから出た衝撃波で、周囲の草は横薙《よこな》ぎに倒れ、地面が半円状に陥没した。

熱と光が収まっても、ジエンドの体からは蒸気のようなものが発散されている。

（おおっ！　確かにパワーアップした感じはするけど！）

「こ、これで勝てるんだろうな？」

すると胸の女神は呟くような小声で言う。

『……10％』

「勝率たったの10％⁉　じゃあ無理じゃん!!」

胸の女神と会話していると、黒板を引っ掻くような不協和音が鳴り、輝久は前方を見る。四本腕の伸長した爪は漆黒のオーラをまとっており、ガガはそれを研ぐようにして重ね合わせていた。やがて大きく腕を開いて、輝久に向かって突進してきた。

「く、来るぞ！」

ジエンドは既に右手を胸の前に伸ばし、拳を握っていた。何もなかったジエンドの右拳から射出された光線が棒状に左右に伸びる。

今、輝久が握っている剣のような物体。それは――。

「いやコレ『レーザーブレード』だよね⁉　世界観、メチャクチャじゃない⁉」

特撮ものやSF映画で見たことのある光線の剣にツッコんでいる最中にも、ガガが迫る。

「ひっ⁉」

目前まで接近したガガの凶相《きょうそう》に焦る輝久。即時、乾いた連続音が木霊《こだま》する。輝久の眼前で火花が散り、幾条《いくじょう》もの光の軌跡が網膜に映る。

（な、な、な⁉）

何が起こっているのか、いや起こったのか、輝久には全く分からない。瞬《またた》く間《ま》にすれ違ったガガは、輝久の遥か後方にいた。

……ドサッと音がした。焼け焦げた傷跡を残して、ガガの上腕が草原に落下。続けて残りの三本腕も同じように地に落ちる。

（まさか……斬ったのか？　すれ違いざまの、あの一瞬で！）

「ひょっとして強いのか、俺――ってか、ジエンド……？」

輝久は自問するように呟く。一方、ガガは全ての腕を無くしたというのに、不敵な笑みを浮かべていた。

「楽しくなってきたわ。なら、存分に味わって頂戴《ちょうだい》。前世界で集めた究極の力を……」

即座に右腕が根元から再生。復活した右手の爪を、ガガは何と自らの胸に突き刺した。

「ええっ⁉　何で⁉」

吃驚《きっきょう》する輝久。ガガはそのまま深く腕を胸部に抉《えぐ》り込ませる。腕を抜いた時には、黒い血に塗《まみ》れた脈打つ心臓を手にしていた。

「じ、自分の心臓を……？」

ガガの行動の意図が掴《つか》めない輝久。対してジエンドは体勢を低くすると、掌《てのひら》を地面に付けた。

胸の女神が喋る。

『パノラマジック・メタルフィールド』

途端、ジエンドの手から、金属を流体にしたようなものが波紋の如く周囲に広がった。

「な、何コレ……？」

輝久は顔を上げる。気付けば、辺り全ては鉛色の世界。足元は草原ではなく、コンクリートのような地面に変化している。

突如、出現した見渡す限り殺風景な光景を前に、

「どこ此処ォォ⁉」

輝久は振り絞るような声で叫んだ。理解不能な事柄が色々と起こりすぎて、輝久は半ばパニック状態であった。胸の女神がぼそりと機械音を発する。

『……40％』

「今、勝率なんて聞いてねえわ‼」

それにしても、よく分からない場所にワープしたものの勝率はたったの四割だと言う。ガガに対して勝ち目は依然低いようだった。

ガガは脈打つ自身の心臓を握ったまま、周囲を見渡していたが、やがてにやりと笑う。

「なるほど、なるほど。ほほほほほ。やるな」

そしてガガが抉り出した心臓をグシャッと握り潰したので、輝久はまたも仰天《ぎょうてん》する。

「自分の心臓、取り出したと思ったら握り潰した!?　意味分かんねえ!!」

不気味な笑みを湛えながらも、ガガの顔は僅かに怒りの様相を帯びていた。輝久を睨《にら》みながら言う。

「この異空間では『炎魔《えんま》の心核《しんかく》』が発動しない。根源要素を封じて、細工は上々か？」

「えんま……こんげん……!?　何の話!?」

「世界統一の覇王を舐《な》めるなよ、人間……!」

次にガガは腹に手を突き刺し、自らの腸を引きずり出すと、黒い血を吐き散らしながら笑う。

「ほほ！　ほほほほほほほほほほほほ！」

「いやアンタ、何やってんだ、さっきからァ!?」

次は切腹。敵の思惑が全く分からない輝久だったが、下腹部から露出したガガの腸が意思を持っているようにウネウネと動いている。

「うおっ!?」

突如、ヒュンと風切り音を発し、腸が鞭《むち》のように飛来した。ジエンドはボクシングのスウェーバックのように最小の動作でそれを躱《かわ》す。

「武器なのかよ、ソレ！」

「良い反応速度ね。ならコレはどうかしら……」

裂かれたガガの腹から、更に数本の腸が蠢《うごめ》き、それらがまるで触手の如く上下左右に広がりつつ襲来する。

輝久の耳に『ぶぅん』と音がした。気付けば、ジエンドは右手のみならず、左手にもレーザーブレードを構えている。いつの間にか二刀流になっていたジエンドは、襲来するガガの攻撃を迎え撃つ。

鞭のようにしなりつつ、縦横無尽に飛来する腸を、ジエンドがレーザーブレードで打ち払う。不思議と剣戟《けんげき》の音が響き、またしても輝久の眼前に火花が散る。どんどんと速度を増す腸とレーザーブレードは、やがて輝久の動体視力を超えて、残像しか映らなくなった。

「だから何だよ、この戦い!!　ラスボス戦みたいだけど!!」

マキから難度の低い異世界と聞いていた。なのに、鉛色の異空間にて、自分の意思とは無関係に繰り広げられる超常バトル。少なくとも輝久が今まで読んできた異世界ものの中に、こんな展開はなかった。

輝久がそんなことを考えている間に、ジエンドはガガの腸を全て切り刻んでいた。熱線で焼き切られたように、ジエンドの足元に短くなった腸が落ちている。

「や、やったのか？」

ガガの猛攻を凌《しの》いだと思い、安堵《あんど》して呟く輝久。だが、ガガは口元を大きく歪めていた。

「ほほほほ！　『噛殺《バイト》』！」

途端、切り落としたガガの腸の一部が蛇《へび》のように素早く動き回り、牙《きば》のある口を開いてジエンドの足首に食らいついた。

「……何だと？」

「わっ！」と輝久が驚きの声を上げるのと、噛み付いてきた腸の一部が爆裂するのは同時だった。

ガガが目を見開き、そう言った瞬間、ガガの頭部もまた音を立てて爆裂する。脳漿《のうしょう》を撒き散らし、首から上を完全に消失させて、ガガは地に崩れ落ちる。

まるで伝播《でんぱ》したような爆破に、輝久もガガ同様に驚いて胸の女神を見た。

「ガガの頭も同時に爆発したぞ!?　どういう原理!?」

『……』

「説明しろよ!!」

原理はサッパリ分からないが、ガガは頭部を完全に破壊されて倒れていた。今度こそ戦闘不能——輝久がそう思った刹那、首のない胴体が立ち上がり、瞬く間に頭部を再生する。

「ほほほ……強い……これ程までとはね……」

そしてガガは、何事も無かったかのように言葉を発した。

（また再生しやがった！）

輝久の背中を冷や汗が伝う。一見、戦闘はジエンドが押しているように思える。だが、こちらは有効打を一度も与えていない。攻撃しては再生されての繰り返しだ。

「何者も絶対に……私を殺すことはできない……」

輝久の内心の動揺を見越していたかのように、ガガはほくそ笑んでいた。確かに、頭部を破壊しても、心臓を取り出しても動いている。

「不死って言ってたけど、マジで死なないじゃん！　どうすんだ、ジエンド！」

すると、胸の女神が小さく呟く。

『１００％……』

「え？」

『ホワイト・マターの充填《じゅうてん》が完了しました。攻撃対象に有効な技が発動可能です』

先程からジエンドは『10％……40％……』と呟いていた。あれはガガに対する勝率だと輝久は勝手に考えていたのだが――。

(充填率？　戦いが始まった時から、何かを溜めてたってことか？)

「ほほほ。何をしようが、無駄だ。人間」

余裕ぶるガガと対照的に輝久は焦りながら、胸の女神に話しかける。

「じゃ、じゃあ、そのガガに有効な技、発動してくれよ！」

ジエンドは体勢を低くして、レーザーブレードを後方に引いた。胸から機械音が響く。

『受けよ。別領域から来たる偶《ぐう》の神力《しんりき》を』

居合い斬りをする侍のような体勢を保ったまま、ジエンドは停止していた。更に胸の女神が呟く。

『時空《じくう》壁《へき》破壊《はかい》の遠隔《えんかく》強襲撃《きょうしゅうげき》……』

女神が言葉を途中で止める。その時だった。輝久は胸の奥に言いようのない熱いものを感じる。

(な、な、何だ⁉　この感覚⁉)

胸の奥から込み上げてきた熱いものが喉にまで到達する。そして、それは輝久の口から言葉となって飛び出した。

「マキシマムライト・ブレイクディメンション！」

(いや、何か俺、叫んじまったあああああ‼　中二病みたいな技の名前を‼)

胸の女神の言葉に続けるようにして意味不明な技名を叫んでしまったことに対し、吃驚と羞恥《しゅうち》が入り交じる。そんな輝久の気持ちなど無視するかのように、ジエンドは目前の空間にレーザーブレードで『∞《むげん》』の軌道を大きく描いた。同時に、ジエンドの全身が粒子のようになって光り輝く。

「はっ⁉　どうなってんの、俺の体、コレ⁉」

ジエンドの体を覆っていた光は、分身のようにジエンド本体から分離すると、未だ空中に残っている『∞』の軌跡に向かう。ジエンドから分かたれた光の人型が、∞の残像の中に吸い込まれるように消えていった。

光の分身が去った後、ジエンドはレーザーブレードを掌に仕舞う。

「お、おい！　まだ攻撃してないだろ！」

輝久は叫ぶ。ジエンドは演舞のように、ただガガの目前の空間にレーザーブレードで∞の軌道を描いただけ。なのに……。

「あああああああああああああ‼　こ、こ、この次元界に侵入されるなんて‼」

ガガはガクガクと痙攣《けいれん》するように激しく震えていた。

「なになに⁉　どういうこと⁉」

体を切り刻まれても余裕の表情だったガガが、鬼気迫る形相で叫んでいる。その声は先程までとは打って変わって、老婆のように嗄《しわが》れていた。輝久には何が起こっているのか全く理解できない。

「来るな！　来るなあああああああああ！」

「俺、何にもしてないよ⁉　今、何が起こってんの⁉」

「何故だ……何故だああああああああ‼」

「聞いてるよ⁉　何で⁉」

分からないので、輝久は胸の女神に尋ねてみる。だが、相変わらず無視された。

「悪い！　俺も分かんない！」

とりあえず申し訳なくなって、輝久は苦しむガガに謝罪した。

「ありえない……ありえない……ありえ……ない……」

それがガガの最後の言葉だった。がくりと片膝を突いたと思った刹那、ガガの全身は色褪《いろあ》せて灰と化し、サラサラとその場に崩れ落ちた。

「勝手に死んだああああああああああああああ⁉」

輝久は、ガガの断末魔の叫びに勝る今日一番の絶叫をする。

『対象の完全破壊を確認しました。メタルフィールドを解除します』

胸の女神の喜怒哀楽のない機械音が輝久の耳朶《じだ》を打つ。一面鉛色だった空間は瞬時に消え失せ、輝久の周囲には穏やかなノクタン平原が広がっていた。

ジエンドの体が発光し、輝久の体から各パーツが分離。浮遊しつつ、少し離れた場所で一つに集まり——またも強烈な光を放つ。

光が収まると、そこにはメイド服を着た幼児アンドロイド——マキが立っていた。マキは機械音を出しながら小走りで輝久に近付くと、作ったような笑顔で親指を立てる。

「勝利おめでトうございマス」

「おめでトうございマス、じゃねえわ!! 聞いてた話と全然違うんだけど!! どこが野菜を盗むイタズラモンスターだ!! ラスボス級のクソヤベー敵だったじゃねーか!!」

「確カに違いましたネ」

まるで他人事《ひとごと》のようにマキが言う。メタルフィールドが解除され、周りの景色は戻ったが、ガガの灰は輝久のすぐ近くにあった。輝久は震える手で灰を指さす。

「ポカポカ叩いて懲らしめる程度じゃなかったの!? カスカスの灰にしちまったけど!? やりすぎだろ!!」

「それにはマキも驚愕いたしましタ」

「こっちだわ、驚愕したのは!! 急に変身したと思ったら勝手に動いて、意味不明なこと喋り倒して、知らん間《ま》に勝って!!」

「おめでトうございマス」

「一体、何がおめでたいの⁉　爽快感《そうかいかん》とか、やり甲斐《がい》とか、全く無いんだけど‼」

「申し訳ございませン。分かりかねマス」

「マキの喋り方だって変わってたぞ‼」

「言われてみれバ、今より大人っぽク、それでいテ流暢《りゅうちょう》に喋れていた気が致しマス」

「『気が致しマス』って何⁉　自分のことだろ‼　あと、あの格好‼　特撮もののヒーローじゃねえんだから‼」

「分かりかねマス」

「ジエンドの攻撃‼　異世界の魔法にしちゃあ科学的というか、未来的で――」

「分かりかねマス」

「よーし、分かった‼　これだけは答えろ‼『終わりの勇者ラグナロク・ジ・エンド』ってどういう意味だ‼」

「分かりかねマス」

「無知にも程があるだろォオオオオオオオオオオ‼」

輝久は堪《たま》りかねて大絶叫し、しゃがみ込むと両手で地面をダーンと叩く。一般人でも文句を言いたくなる状況である。まして、理由や説明の付かないことが大嫌いな輝久にとって、今し方起こった出来事は到底耐えられるものではなかった。

輝久は「ハァハァ」と息を切らしながら、無表情で佇むマキを睨む。

「あーっ、もう！　理由！　説明！　ちゃんとしろよ！　意味の分かんないことが大嫌いなんだって、俺は！」

　するとマキは小さな硬い指で輝久を指した。

「しかシ、テルも、教えてもなイ技の名前を大声で叫んデいらっしゃいましタ」

「そ、そ、それは……！」

　輝久は言葉に詰まりつつ、ガガとの戦いを思い出す。

『マキシマムライト・ブレイクディメンション』——そんな中二病全開で赤面ものの台詞《せりふ》を、輝久は大声で叫んでしまった。

（何で俺、あんなこと!?）

　狼狽《ろうばい》する輝久の脳裏に、ふと友人、憲次の顔が浮かぶ。

『絶対に敵を倒すっていう熱い思いが溢れて、無意識に叫んじまうの！』

（嘘だろ！　そんなムチャクチャで不条理なことが……いや……だけど……！）

　確かに憲次に言われた通り、熱い思いが胸から込み上げてきて、それを口から出せばあんなことになってしまった。

「ぐぐ……！」

　どうしても認められず葛藤《かっとう》していると、急にマキが抱きついてきた。

「ちょ……お、おい!?　何してんだよ!?」

「よく頑張りましタネ。勝利を祝っテ抱擁《ほうよう》しマス」

　照れるシーンなのかもしれないが、マキの体は硬かった。しかも背が低いので、しがみ付いているのは輝久の片足である。マキは意外と力強く、輝久の足はギチギチギチと締め付けられていた。

「硬《か》ってえし、痛ってえな、もう!!」

更に悪いことに、マキの頭部はちょうど輝久の股間の位置に押し付けられている。

「どこに顔、押し付けてんだ、お前はァ!!」

「少々お待ちくだサイ」

マキの頭部からカリカリカリと音が鳴り――。

「陰部デス」

「言わんでいいわ、そんなこと!!」

輝久が、マキをどうにか陰部から引き離そうとした時だった。

「おおおおおおおおおおおおおおおおおお!!」

後方の草むらから嗚咽《おえつ》の入り交じった野太い声が聞こえて、輝久はびくりと体を震わす。

「こ、今度は一体、何事!?」

緊張しながら輝久は振り返る。十メートル程、離れた背後。フードを被った白ヒゲの老人が滂沱《ぼうだ》の涙を流して、輝久とマキを見詰めていた。

ヨボヨボの老人を見て、少なくともガガのような恐ろしいモンスターではなさそうだ、と輝久は安堵しかけ――不意に、今自分が置かれている状況を俯瞰《ふかん》する。そう。幼女が自分の股間に顔を埋《うず》めている、この状況を。

「いや違うんだ、爺《じい》さん!!　これはそういうアレじゃないんです!!」

必死に弁解する輝久。だが老人はまるで輝久の話を聞いていなかった。

「これが‼　これこそが、偶《ぐう》の神力‼　数百年願い、求め続けた、奇跡を超える奇跡の力‼」

「偶《ぐう》の神力……？」

先程、ジエンドに変身した時、胸の女神もそんなことを言っていた気がする。

老人は窪んだ目から涙を地面に落とし続ける。ただでさえ皺だらけの老人の顔は、号泣しているせいもあり、クシャクシャになっていた。

長い白ヒゲ。折れ曲がった腰。一体、何歳なのだろう。仙人のような風貌《ふうぼう》の老人は、力強い声とは裏腹に今にも消えて無くなってしまいそうに輝久には思えた。

「どうされましたカ？」

マキが輝久の股間から顔を上げる。「あれを見ろ！」と老人の立っている草むらを指さすが、輝久が視線を戻すと、老人は忽然《こつぜん》と姿を消していた。

「いない……？」

後には地平線が見える広大な平原が広がるのみ。マキが小首を傾《かし》げる。

「ヨボヨボの爺さんがいて、変なこと叫んでたんだって！」

「誰もいませンが」

周囲には隠れるような場所もない。なのに一瞬で老人は輝久の視界から消えてしまった。

(何なんだよ、さっきから‼　もう理解が全然追いつかねえ‼)

「それでハ、当初の予定通り、町に行きまショウ」

「待てよ!!　ちょっとは頭の中、整理させてくれ!!」

するとマキは少し寂しげな顔で輝久を見上げる。

「マキと一緒にアルヴァーナの救済をするのガ、イヤなのでショウか？」

「やらなきゃ帰れないんだろ！　やるよ！　けどさ！　訳分かんないうちに謎パワーで自動的にやっつけちゃったり、意味分かんないんだよ！　これじゃあまるで——」

『デウス・エクス・マキナ』——機械仕掛けの神じゃねえかよ！

そう言いかけた時、不意に輝久の周囲の景色がぐらりと歪んだ。足元がふらつき、輝久はその場にぱたりと倒れる。

急激に、凄《すさ》まじい疲労感が輝久を襲った。「うう……」と唸りながら見上げると、マキがポンと拍手を打っていた。

「もしかするト、力を使いすぎたのカモ知れまセン」

「だ、だから……99999・99%とか引き出すから……！」

「初めての変身だっタからだと推測しマス。次回からは慣れルと思われマス。タブン」

「タブン……じゃねえ……わ……！」

そして、ガクリ。目の前が真っ暗になって、輝久は意識を失った。

◇　◇　◇

……気付くと、輝久は透き通るような美しい湖の上に立っている。

沈まずに何故だか立てていた。空を反射して、どこまでも続く水平線。

（またウユニ塩湖かよ！）

輝久は心の中で叫ぶ。マキと出会う前まで時間が戻ったかのようだった。

やがて、同じように水面の上に扉が現れ――ゆっくりと開かれる。

（あ……）

扉から出てきたのは、艶のある金髪に吸い込まれそうな青い目の女性。スラリとした長身に、白いドレスから覗く弾けそうな豊満な胸。幼児型アンドロイドのマキとは全然違う、見惚れるような成熟した美貌だ。

（はは。俺の願望だな、こりゃ）

まさしく女神と形容するのに相応《ふさわ》しい女性を見て、輝久は内心、苦笑いした。

女性はモデルのように、しゃなりしゃなりと輝久に歩み寄ると、平坦な口調で言う。

「初めまして、草場輝久君。私はティア。光の女神よ」

第45章　天動地蛇の円環《クリカエスセカイ》――不死公ガガ

「――じゃあ、アルヴァーナって異世界を攻略したら、俺は日本に戻れるんだな？」

「そうよ。安心して」

輝久の眼前。手元の書類を眺めながら、女神ティアが話す。

ウユニ塩湖に似た幻想的な空間は、この世とあの世の狭間《はざま》にあり『ヴァルハラ』と呼ばれるらしい。輝久は若くして不慮の事故で死んだが故に、最高神から慈悲を与えられた。つまり勇者となって異世界を救えば、元の世界に生き返ることができるとティアは言う。

「俺にスキルとかはあるのか？」

「言ったでしょ。私は光の女神。私に担当されるアナタは光の魔法が使えるようになるわ」

ティアは輝久の疑問にすぐ答えてくれた。そればかりでなく、ティアは輝久が尋ねそうな疑問の答えを前もって言ってくれることとすらあった。

「どうして勇者に女神が付いていくのか不思議に思うでしょう？　異世界の救済は人間主導で行うのが神界のルールなの。基本的に女神はサポートしかできないんだけど、それでもアナタを通じて私の力を具現化できるのよ」

淡々《たんたん》と語るティアは少々事務的ではあったが、物事に説明や理由が欲しい輝久にとって、彼女の印象は悪くなかった。

「アルヴァーナに行ったら、まずは装備を揃えましょう。その後は仲間集めね。難度の低い異世界だからスポーン地点はどこでも良いけど、いきなり町中だと現地の人を驚かせちゃいそうだし……『ノクタン平原』――こういう場所が定石かしら」

アルヴァーナの地図を広げ、ティアは考えながら喋っていた。

見るからにティアはベテラン女神のようで、安心感があった。輝久はティアの提案に頷きつつ、その横顔を見る。

「ええっと、あの……何て呼んだら良い？」

「名前？　ティアで良いわよ」

「ティアさん、か」

「呼び捨てで良いって。ＯＫ、テル？」

輝久のことを愛称で呼びつつ、ほんの僅かに口角を上げる。絵画のような美しい微笑に輝久の顔は熱くなった。

「どうしたの？」

「い、いや別に！」

「そう。なら行きましょうか。異世界アルヴァーナに」


女神の力によって、ノクタン平原にスポーンした輝久とティアは、大木のそびえる小高い丘を下りて、ドレミノの町に向かう。

道中、モンスターに出会うことはなく、辺りは平穏そのものだった。実際、もし仮にモンスターに遭遇したとしても、ティアいわくアルヴァーナは最低難度の異世界であり、命の危険は全く無いらしい。

輝久はティアを信じて道を進み、難なくドレミノの町まで辿《たど》り着いた。

「……うわあ」

中世の西洋風の町並に、輝久は目を奪われる。飾り気のない質素な服を着た老若男女《ろうにゃくなんにょ》が石畳の上を歩き、更に背後からは木製の馬車が駆けていく。ドレミノの町に着いて、より一層、輝久は自分が異世界に来たのだと実感した。

歩みを止めた輝久をティアが促す。

「早く武器屋に行きましょう。チャッチャと攻略してパッパと帰りたいわ。テルだって、そう思うでしょ？」

「まぁね」

早足で歩きながら武器屋の看板を見つけると、躊躇《ためら》いもせずティアは中に入った。女性店員がティアに声を掛けてくる。

「綺麗な人だねえ！　どこかのお姫様かい？」

ティアは肯定も否定もせず微笑むと、輝久に手を向ける。

「彼に装備を。お金は私が払います」

「お兄さんは見るからに新人冒険者だね！　良い武器、揃ってるよー！」

ショートカットの茶髪に蝶《ちょう》の髪飾りを付けた、快活な女性だった。会釈《えしゃく》した後、輝久は立てかけられている武器を見る。ひのきの棒に棍棒《こんぼう》、銅の剣——素人の輝久の目からしても、弱そうな武器や防具が陳列されていた。

輝久の落胆を見越したように、ティアが耳元で言う。

「アルヴァーナは難度Fの世界。生き死にの戦いになったりすることはないから、気楽に構えていれば良いの。適当に初期装備を揃えましょう」

やや、やっつけ仕事な感じのするティアに言われるまま、輝久は銅の剣と皮の鎧を購入した。装備すると、陽気な女性店員がバンと輝久の背中を叩く。

「ふふ！　似合ってるよ！」

「ど、どうも」

照れながら愛想笑いを輝久が返した、その時。不意に穏やかな雰囲気を壊すような金切《かなき》り声が店外から聞こえた。それに続いて野太い男の叫び声も続く。

「何だ、今の声？」

「モンスターの襲来かしら」

落ち着いた様子でティアは言った。

「え！　町の中でも敵が出るのかよ？」

「そりゃあ、そういうことだってあるでしょ。だとしても、どうせ弱っちい魔物よ。買った武器を試す良いチャンスじゃない」

平然としたティアの様子を見て、最低難度の異世界だということを思い出し、輝久も肩の力を抜く。そして二人は外に出た。

……武器屋の外は、先程までの平穏な光景が嘘のようだった。石畳や店々の軒先《のきさき》に、人々が血を流して倒れている。

「な、何だか思ったより大変な感じだぞ？」

一番近くで倒れている男性に近寄り——輝久は息を呑む。男性は体中が穴だらけになって激しく出血していた。ティアは跪《ひざまず》いて男の首に手を当てると、神妙な顔で首を横に振る。

「死んでる。おかしいわね。救世難度Fの世界で人が殺されたりするなんて……」

「ティア！　アレ！」

輝久が叫ぶ。輝久の視線の先、倒れた人の死体を踏みにじりながら、何者かが歩いてくる。

「ほほほ……見つけた。勇者に女神……」

懐中時計のような物と輝久達を交互に見て、にやりと笑う。それは黒いドレスを着た背の高い女だった。ドレスと同じ色の、ぞろりとした長い髪が腰まで届いており、耳と唇にはピアスを付けている。黒い血が女の口から溢れて、地面にボタボタと落ちていた。

なるべく平静を装いつつ、輝久はティアに尋ねる。

「敵だよな？」

「ええ。死臭が漂ってくる。アンデッド系ね」

「強そうな雰囲気はあるけど……」

「心配ないって。テルは、この世界じゃ異常に戦闘力が高い筈よ」

「ああ、なるほど。そういうことか」

目前にいるのは町の人達を容易に殺せる恐ろしいモンスター。だが、そのモンスターを軽く凌駕《りょうが》するステータスを勇者は既に持っている――無双系にありがちな異世界もののパターンだと輝久はすぐに納得した。モンスターに町の人が殺されてしまうという、思ったよりハードな世界観だったが、そういう展開なら安心だ。

輝久とティアは数メートル先の女の動きを注視しつつ喋る。

「アンデッド系なら、火系の魔法が有効かな？」

「そうね。でも、もっと有効なのが、私の属性である光の魔法――『光聖魔法《こうせい》』よ。アンデッドに対して、火系魔法よりも効果が高いの」

余裕の表情のティアを見て、輝久は大きく頷いた。最初の戦闘だけあって、光属性である自分達にとって格好の敵のようだ。おそらく、呆気なく勝負は付くだろう。

「テルが居た世界に無くて、この異世界にあるものが『魔力』よ。アルヴァーナの大気に満ちている根源要素から、光の魔力を取り出して具現化できるの。まぁ、難しい説明は抜きにして実戦で学びましょう。敵に手を伸ばして『ライト・ボール』と唱えてみて」

「こ、こうか？『ライト・ボール』！」

緊張しつつ、輝久は不気味な女に手を向け、魔法を唱える。途端、輝久の掌から光の玉が出現。女に向けて射出されるや、胸元辺りに着弾した。その瞬間、眩い発光で周囲の景色が白くなる。

「ホントに出た！　すっげえ！」

そんな輝久の興奮と喜びは一瞬だった。攻撃を食らったのに、ニタリと笑ったまま微動だにしない女を見て、輝久は唖然《あぜん》とする。

「あれ？　効いてない……？」

「緊張して外したんでしょ。最初だから仕方ないわよ」

光の玉は女の胸部に直撃した――輝久には確かにそう見えた。だが、目前の女は輝久の攻撃などまるで無かったかのように平然と喋る。

「今日、私は機嫌が悪い。朝から髪のまとまりが悪くてね……」

女は髪の毛を指でバリバリと掻いた。頭から黒い血が垂れ、髪の毛がぞろぞろと抜け落ちる。

「贄たる女神に贄たる勇者よ……地獄へ……ほほほ……ようこそ」

弱い敵の筈――なのに、輝久の心臓の鼓動《こどう》は速くなる。敵の反撃に身構えるが、ティアは落ち着いた様子で輝久の隣で手を広げた。

「念の為にサポートするわね。光聖魔法『ライト・ガード』！」

途端、ティアの手から出た淡く暖かな光が輝久の全身を包む。自身の防御力が上がったことが不思議と実感できた。

「レベル23の光聖魔法よ。これでダメージを受けることはない。安心して戦って」

「ありがとう、ティア！」

すると、不気味な女は高らかに笑い声を上げた。

「ほほほほほ！　そんな薄い魔法防御で耐えられるかしら？」

そして、女は人差し指をクイと上げる。輝久の周囲からボボボッと、くぐもった音が連続して聞こえた。次の瞬間、輝久は「え」と間の抜けた声を発してしまう。右手に構えていた筈の銅の剣が地面に落ちてしまっている。剣の柄の部分には見慣れたものが付いていた。

それは――輝久の右手首だった。驚愕の為に忘れていた痛みが急速に輝久を襲う。

「ああああああ⁉　い、痛い、痛い、痛いっ‼」

「う、嘘……!!　攻撃がライト・ガードを突き破った!?　しかも――」

　輝久には攻撃が全く視認できなかった。痛みと右手を失ったショックでパニック状態の輝久を、ティアが咄嗟《とっさ》に両手で押し飛ばす。

　再び、くぐもった音が響いた。ティアの肩越しから輝久が覗《のぞ》くと、先程まで立っていた地面に数個の穴が開いている。ティアが叫ぶ。

「攻撃は地中からよ！」

「ほほ……なかなか勘が良い。でも、分かったからと言って防ぎようがない」

　唇を長い舌でぺろりと舐める。ティアは苦しむ輝久の耳元に、小声で言う。

「テル、目を瞑《つぶ》って！」

　そしてティアは右手を頭上にかざした。

「レベル35光聖魔法『ハルシネイション』！」

　途端、太陽のように眩い光がティアの右手から発生する。女が腕で目を覆う。

「目くらましか……小細工を……」

「一旦、退却よ！　建物に逃げ込みましょう！」

　ティアは輝久の左手を取って走る。外にいるのは危険と判断したのか、ティアは武器屋まで駆け戻ると中に飛び込んだ。

　輝久に武器を売ってくれた女性店員が、頭を下げるようにして椅子に腰掛けていた。陳列された武器の隣には道具棚があり、ティアはそこから包帯を手に取る。

「ごめん！　お金は後で払うから！」

ティアはそう語りかけた後、小さく唸って言葉を失った。輝久もティアの視線の先を窺う。女性店員は、頭半分が欠けた状態で絶命していた。

「こ、こ、これじゃあ建物の中も、ヤベえってことじゃねえかよ！」

「くっ……！」

激痛と恐怖でパニックの輝久を、ティアは武器屋の裏口から連れ出し、そのまま路地裏を走る。

「クソっ！　痛てえ！　腕が痛てえよ！」

「もう少しだけ我慢して！」

何とか被害の無さそうな場所まで辿り着くと、ティアは走るのを止めた。そして、周囲を窺い、二人で物陰に潜《ひそ》んだ。とりあえずの安全を確保すると、ティアは光聖魔法を輝久の腕の切断面に施す。回復魔法ではないが、光の熱で止血する為だ。

輝久は、皮膚を焼く痛みに歯を食い縛って耐える。その後、ティアは包帯を輝久の腕に巻いた。手当てされた感謝より、怒りの方が遥かに勝って、輝久はティアに叫ぶ。

「どうなってんだよ！　言ってた話と違うだろ！」

「わ、分からない！　いきなりあんな強い敵と出くわすなんてありえない！　あれじゃあ少なく見積もっても、難度Aクラスのモンスターだわ！」

冷静だったティアは大きく息を乱していた。しかし輝久に叫んでから、ハッと気付いたように首を軽く振る。

「落ち着きましょう。敵の地中からの攻撃は、おそらく闇《やみ》魔法。自身の体液を地面に落としていたでしょう？　あれを魔弾に変化させて攻撃しているんだわ」

「魔弾……？」

「そうよ。けど、そんな高度な魔法を使えるモンスターがいるなんて、来る異世界を間違ったとしか思えない。神界に連絡するわ」

ティアが人差し指を立てると、ポウッと淡い光が指先に宿った。そのままティアは地面に魔法陣を描こうとする。だが、魔法陣の幾何学《きかがく》模様は、描いた傍から消えていった。

「魔法陣が描けない⁉　どうして⁉」

「ティ、ティア！」

輝久が怯えた声で叫ぶ。細い路地の先に、不気味な女が笑みを浮かべて立っている。そして、古い懐中時計のようなアイテムを輝久達に向けて見せた。

「ほほほほほ。逃げても無駄よ。コレでアナタ達のおおよその位置は掴めるもの……」

ティアがごくりと生唾を飲む音が聞こえた。

「な、何者なの？」

「戴天王界……覇王……不死公ガガ……」

輝久は意味が分からず、ティアの様子を窺う。

「覇王？　もしかして、この世界の魔王ってことか？」

「さぁね。けど、間違いなくこれはイレギュラー！　なら私も本気を出す！」

ティアは輝久の背中に手を当てる。ティアの全身が眩く輝く。輝久にはティアがまるで光の化身となったように思えた。眩い光はティアの体を離れ、輝久の体を覆っている。

「こ、これは？」

「女神の力を勇者の力と掛け合わす――秘技『人神一体《じんしんいったい》』よ！　本来は難度Fの世界なんかで使うものじゃない。けど、この状況じゃあ、チートも許されるでしょ」

ティアは輝久の背中に手を当てたまま、言う。

「さぁ、狙いを定めて！」

輝久は左の掌をガガに向ける。今、凄まじい光が輝久の左手に収束していた。ティアが背後から叫ぶ。

「消え去りなさい！　レベル77光聖魔法『ハイアー・ライトマジック』！」

輝久の左手から発せられた光線は、避けようともしないガガを直撃した。着弾の刹那、ガガのドレスが切り裂かれたように弾け飛ぶ。発生したあまりの光量に輝久は目を細めた。

「『ハイアー・ライトマジック』は、難度Bクラスの魔王だって、一撃で滅ぼすことができるんだから！」

自信ありげに背後から囁《ささや》くティア。徐々に、光で眩んだ輝久の視界が戻る。

輝久の眼前には、頭部が消失し、片足片腕となったガガがいた。

致命傷を与えたと、輝久達が歓喜したのはほんの僅かな時間。瞬く間に、ガガの首から這い出た蛆のような生物が頭部を再形成。失った腕と足も同じように再生する。

「な……!?」

絶句するティア。ガガが嗤う。

「ほほほ……何者も絶対に……私を殺すことはできない……」

輝久の足は震え、自然とガガから後ずさった。

「あ、あんな状態から、さ、再生するなんて！」

「いえ、ダメージはあるわ！　腹部は再生できていない！」

ティアの言った通り、ガガの腹は割かれたままで内臓が飛び出していた。だが、ガガのハラワタは蛇のように蠢いている。輝久の声が震える。

「ち、違う、ティア……！　アレは……！」

「さっきのは私の体液を攻撃に変換する遠隔魔神具『黒流魔弾』。そして、ほほほほほ……これが、近接魔神具『鏖《みなごろし》の臓鎖《ぞうさ》』……」

意志を持つ蛇の如き臓物が、ガガの腹部から拡散するように広がった。くねくねと蠢く、粘液塗《ねんえきまみ》れの不気味な武器。その先端はいつしか鋭く尖《とが》っている。

「ひっ……！」

怯える輝久の前にティアが立ち塞がった。

「もう、規則違反でも何でも良い！　私が戦うわ！」

「で、でも武器が！」

武器屋で買った銅の剣は置いてきてしまった。だが、ティアは右拳を胸の前に伸ばす。

「レベル70光聖魔法『ライト・ソード』！」

何も無かったティアの右拳から、左右に棒状の光が伸長する。無から光の剣を創造したティアは、襲い掛かる触手のようなガガの腸をひらりひらりと躱す。

輝久はティアの動体視力と敏捷性《びんしょうせい》に驚いていた。そして、タイミングを見切ったように、伸びきった一本の腸を、ティアは光の剣で切り落とした。

「やった！」

輝久が歓喜の声を上げる。ティアは返す刀で、更に別の腸も切り落とす。ティアの攻撃に恐れをなしたように残りの腸は攻撃を止めて、ガガの腹部に戻った。

ティアも輝久も、ガガの攻撃を凌いだと思った。だが、先程切り落とした腸の先端が意志を持っているかの如く、地面の上を素早く動き、ティアの足元に近付く。尖っていた先端がパカリと開くと、そこに無数の針の牙が並んでいる。

「ほほほほ！『噛殺《バイト》』！」

腸の先端は、ガガの動向を注視していたティアの足首に食らいついた。

「うっ!?」

ティアが叫んで、バランスを崩す。大蛇に噛まれたように、ティアの足首が簡単に噛み砕かれる。足から血を流して倒れるティアに、もう一つの腸の先端が忍び寄る。

「何よ……何なのよ、コレ……！」

光の剣で切り裂くよりも速く、それはティアの腰を伝って首に到達する。

ティアが輝久を一瞥《いちべつ》する。その顔は絶望で満ちていた。

「テル……逃げて……！　このモンスター……難度Ｓクラス……いえ……それ以上――」

ティアの言葉は途中で終わる。話している途中、ティアの首が、ばくんと食いちぎられたからだ。ごとりとティアの首が落ち、噴水《ふんすい》のような鮮血が周囲を真っ赤に染めた。

「う……うわあああああああ!!」

輝久は絶叫して、駆け出した。ティアに、逃げてと言われたからではない。恐怖と絶望に心を支配され、本能的に無我夢中で走った。

逃げながら、輝久はちらりと背後を振り返る。ガガが黒い血に塗れた心臓を手に持っているのが見えた。

「追いかけっこは飽きた……この町ごと消えなさい……」

一目散に走りながら、ふと、輝久は空が真っ赤に染まっていることに気付く。

もう一度、背後を窺う。遠くに見えるガガの頭上――心臓が中空に浮遊して、血のような深紅の光を放っていた。

「ほほほほほ……爆殺魔神具『炎魔の心核』！」

心臓がカッと空で爆裂した。想像も付かない熱量が小さな心臓から拡散する。

それはまるで近代の大量破壊兵器。深紅の光が周囲の建物を包むと、爆弾が投下されたかのように建造物は一瞬で粉々になった。

「こ、こんな……！　ムチャクチャだ……！」

とにかくこの場から離れなければ――そう思い、輝久は必死で走っていた。なのに、足がもつれて上手く走れない。

輝久は自分の体の異変に気付く。ガガの周囲の建物群だけではない。自分の指が、足の皮膚が、こそげ落ちている。見る見るうちに、肉が飛び散り、血液が蒸発して骨となり、更にはその骨すら粉々になって……輝久の全身は消し飛んでいった。

幕間　テルの悪夢

「うわあああああああああ!!」

絶叫と共に輝久は目覚め、汗だくの上半身をガバッと起こす。

酷い夢を見ていた。ラグナロク・ジ・エンドに変身した輝久が難なく倒した不死公ガガが、夢の中では恐ろしく強く、一緒にいた女神もろとも惨殺《ざんさつ》された。

だが、夢だと分かれば急速に安心し、輝久は改めて周囲を窺う。

ノクタン平原には草花が広がっている。丘から遠くに見えていた町が随分近い。十数メートルも歩けば辿り着ける距離にいる。

「此処は……？」

「ドレミノの町の前デス」

淡々とした声が聞こえて輝久は振り返る。

そこには――首のないマキが佇んでいた。

「ぎゃあああああああ!?」

先程と同じかそれ以上の叫び声を上げる輝久。マキは小脇に抱えていた自身の頭部を、ガチャンと音を立てて首にくっ付け、親指を立てる。

「メンテナンス中デス」

「驚かすな、バカ!!」

輝久は装着されたばかりのマキの頭をペシーンと叩く。するとマキは両手を顔に当て、指の間から黒いオイルを垂れ流し始めた。

「暴力反対デス……」

「泣くな！　お前が悪いんだろ！」

幼女アンドロイドを軽くではあるが衝動的に叩いてしまったのには訳がある。頭のないマキを見た瞬間、夢の中で金髪の女神が首を噛み切られて殺された光景を思い出したからだ。

(え、と……あの女神……名前は……)

金髪碧眼で白いドレスの美しい女神。夢の中ではしっかり名前を覚えていた筈なのに、今、その記憶は朧気《おぼろげ》であった。

しかし、夢の内容などをいちいち気にしていても仕方ない。ハンカチで顔のオイルを拭いているマキに、輝久は尋ねる。

「なあ。俺、どのくらい寝てたんだ？」

「一時間くらいデス」

「ジエンドだっけ。あの妙な格好に変身したら、そんなに寝ちまうのか」

「体ガまだ適応していなかっタのでショウ。次は大丈夫だト思われマス」

先程、泣いていたのが嘘と思うくらい、マキはケロッとしている。真面目そうな見かけにそぐわぬ適当アンドロイドに、輝久は深い溜め息を吐いた。

「ってか、マキが此処まで俺を担いで来たのか？　結構、力強いんだな」

「ハイ。頑張ってテ、引きズってきましタ」

「引きず……？　よく見りゃ俺、擦り傷だらけじゃねーか！」

自分の手足があかぎれのようになっているのを見て、輝久はまたマキの頭をペシーンと叩いたのだった。

第？章　黒の長卓

それは端の見えない漆黒の長卓だった。周囲が薄暗いこともあって、先の方は全く窺い知れない。卓の端に近付く程に闇は深くなっている。

此処、戴天王界では、覇王と呼ばれる異形の者達が、卓の色と同じ黒き椅子に腰掛けていた。邪悪に満ちた声が行き交うのが聞こえる。

「よもや不死公ガガが倒されるとは」

「かつて一つの世界を牛耳《ぎゅうじ》っていた覇王が倒されるなど、本来ありえぬことだ」

「つまり、そこから導かれる結論は一つ」

「勇者と女神は、繰り返しの時を知悉《ちしつ》している」

姿の見えぬ者達のざわめきが高まっていく。何者かが怒声を張り上げた。

「時の覇王！　どうなっている！　決して気付かない筈ではなかったのか！」

少しの沈黙の後。長卓の奥の方から、女性の微《かす》かな笑い声が聞こえた。

「ご安心を。『可逆神殺《かぎゃくしんさつ》の計』が、順調に推移しているからこその結果です。これは予想していたこと。追い詰められた鼠《ねずみ》の、死に際の抵抗に他なりません」

静かで冷徹。それでいて自信に満ちた声に周囲の喧噪《けんそう》は鳴りを潜める。女の声が続く。

「今が何度目の繰り返しの世界なのか——詳細は『天動地蛇《てんどうちじゃ》の円環《えんかん》』のみが把握しており、この私にも知ることはできません。しかし、おそらくは6万回を超えていると思われます」

「6万……！」

覇王の一人が驚嘆の声を上げた。またもや、ざわめきが起きたが、先程とは違い、歓喜が入り交じっている。

「我らの悲願に近付いているということか！」

「ああ！　66666回が待ち遠しい！」

「そうだ！　そうなれば……！」

愉悦の声を遮るように、女の声が暗闇から響く。

「6万を超える世界で死を繰り返せば、勇者の魂も罅割れる。罅割れ、出来た魂の傷に、残らぬ筈の記憶が残滓《ざんし》として残った——今回のことはそういうことなのでしょう」

そして女——『時の覇王』は押し殺したような声で笑う。

「あと、ほんの一押しです。終わりは近い。これは大変に喜ばしいことです」

時の覇王の言葉に、乾いた拍手をする者もあったが、中には疑心の声を上げる者もいた。

「勇者と女神が繰り返しの時を知悉しているなら、何らかの対策が必要なのではないか？」

「ああああん!?　そんなもん、関係あるかよおおおおおお!!」

時の覇王が答えるより先に、卓の末端に腰掛けている者が下卑《げび》た声で叫ぶ。

「オデは今すぐ、勇者と女神を殺したくて殺したくて仕方ねえんだああああああ!!」

暗闇に僅かに浮かび上がったのは、泥色の醜い巨体だった。その周りの席からも、血気盛んな覇王達の声が木霊する。

「私も見たい！　勇者の血が！　女神の裂ける肉が！　見たい、見たい、見たい！」

「そうだ！　早く『目玉』を転がせ！」

時の覇王は、くぐもったように笑う。

「分かりました。それでは……」

——ことり。深い闇に包まれた、黒の長卓の端で小さな音がした。続けて、球体が転がる音が聞こえてくる。

「児戯の如し。しかし、公平です」

時の覇王が言う。長卓には溝があり、そこを陶器でできた目玉が転がっていた。

やがて目玉は、先程声を張り上げた泥色の怪物の前で止まる。

「ぐひひひひひ！　俺の番だああああああああああ！」

歓喜に満ちた声とは逆に、他の覇王達の舌打ちが聞こえた。時の覇王が言う。

「ご安心を。知覚はできませんが、６万回もの繰り返しの世界では既に皆様、勇者と女神を何度も殺している筈ですので」

「おぉん？　そうなのかあああ？　オデは、あんまり言ってること、よく分かんねえなあああ！　けどよおおおおおお！」

黒の長卓の末端。泥の巨体が、のそりと漆黒の椅子から立ち上がった。

「この侵食のボルベゾが!!　勇者と女神を!!　いいや、世界丸ごと!!　全部、全部、全部、侵食してやるううううううう!!」

第三章　既視感

今、輝久の眼前に広がるのは、中世西洋風の町並。質素な布の服を着た老若男女が石畳の上を歩いている。

輝久にとって、ドレミノは異世界で初めて来た町である。なのに……。

「どうされましタ？」

「いや……」

輝久はマキの手前、平静を装うが、

(夢と一緒だ……!)

先程、夢で見た町の景色と酷似していることに輝久は気付く。確か、夢の中でも自分はドレミノの町にいた。

「それでは装備を整えましョウ」

(デジャヴ? 気のせい? だけど……)

「テル? 装備を……」

「あ、ああ、悪い。そうだな」

「では武器屋までデ、ご案内いたしマス」

先頭を切って歩き出したマキを、輝久は咄嗟に呼び止める。

「違う。武器屋はこっちだ」

きょとんとするマキと逆方向に輝久は歩く。しばらく進むと、武器屋の看板が見えてきた。

「凄いデス。テル」

目を大きく見開いて感心するマキ。輝久は先程から次第に濃くなっていく違和感を覚えつつ、店内に進む。短めの茶髪に蝶の髪飾りを付けた快活な女性が笑顔で声を掛けてきた。

「よっ! お兄さん、新人冒険者かい? 良い武器、揃ってるよー!」

刹那、輝久の脳裏を過《よぎ》ったのは、ガガの攻撃により、頭部を半分失った彼女の凄惨《せいさん》な最後だった。

まるで幽霊に出会ったような気がして、輝久は女性店員から一歩後ずさった。女性店員がニヤリと笑う。

「あらら－？　女性に免疫ないのかなー？」

「べ、別にそんなことは！」

快活な女性店員はひとしきり笑うと、膝を屈めてマキの頭を撫でた。

「こっちは小さくて可愛いねー！　……あれれ！　肌カッチカチじゃん！」

「ハイ。マキの肌は硬いのデス」

「お人形さんみたいだねー！　ふふふ！」

二人が楽しげに語らうのを見ていると、輝久の気持ちは段々落ち着いてきた。輝久は陳列棚から武器と防具を選ぶ。

「この銅の剣ください。あと、あっちにある皮の鎧も」

「あいよ！」

夢の中で女神が選んでくれたのと同じチョイスをしてから、ハッと気付く。夢では金髪の女神が払ってくれたが、ひょっとすると自分達は今、文無しではないだろうか。

不安に思っていると「お支払いしマス」と、マキが言ったので輝久は安堵する。

マキが小さな口をパカリと開くと「チーン」と音がして、口からザラザラと銀貨が排出された。

「スロットマシンか、お前は!!」

全然、夢の女神と違うし！

呆れると同時に、不思議に思う。町の風景や店員は夢で見たのと同じ。しかし、夢ではマキはいなくて、代わりに金髪の美しい女神がいた。

（ったく。何なんだ、この現象は？）

既視感とは違う。あえて言うなら、既視感の中に空想が入り交じったような感覚。

「テル。行きまショウ」

マキに急《せ》かされて、輝久は思考を中断する。いくら考えたところで、ハッキリした答えは得られそうになかった。

輝久はマキと共に店を出る。その刹那、夢で見た光景がまたも輝久の脳裏を過った。夢の中では、武器屋を出た瞬間、町の人々の死体がそこかしこに転がっていた。

輝久の心臓が激しく鼓動する。しかし……。

「あははは！」

「キャッ、キャッ！」

聞こえてきたのは悲鳴ではなく、子供達の笑い声。店内に入る前と同じく、平穏な光景が広がっている。

ホッとする輝久。だが、周囲を眺めていた輝久の視界の隅に、突如、老人の姿が映った。

（あの爺さん！）

輝久がガガと戦った後、奇声を発して泣きわめいていた白ヒゲの老人だ。

「おい！　アンタ！」

輝久が呼びかけると、老人はくるりと背を向けて早足で歩き出す。

「待てよ！　待てって！」

追いかけるが、老人は大通りの人混みに紛れるようにして消えてしまった。

「クソッ！　逃げられた！」

あの老人はきっと何かを知っている――輝久はそう確信していた。ガガと輝久が戦っていた場所に居合わせたのもさることながら、『偶《ぐう》の神力』――ジエンドに変身した時、胸のレリーフ女神が語った言葉を、あの老人も言っていたからだ。

（しかも、涙を流しながら）

「テル、どうしましタ？」

マキが少し遅れて輝久の元に走ってくる。

「例のヨボヨボの爺さんがいたんだ。マキは見なかったのか？」

「ハイ。ですガ、周囲に邪悪なオーラは感じませンでしタ」

マキのそのセンサーを信じるならば、老人は敵ではなさそうだ。だが、それならどうして自分達の後を付けている？　そして、こちらが気付けば、逃げるように姿を消す？

「あーっ、もう!!　分からーん!!」

輝久は頭を抱えて叫ぶ。物事に説明や理由が欲しい輝久である。なのに、異世界に来てから理解不能なことが連続して続いている。

マキが落ち込む輝久の手を引く。

「装備も揃えましたシ、次に行きましョウ」

「……気楽だな、お前は」

不意にマキの目が明滅する。そして、往来でカリカリと音を立て始めた。道行く人の中には、そんなマキに奇異なものを見るような視線を投げかける者もいたが、大方は気にせず歩いていく。

メイド服にマネキンのような肌のマキは、輝久から見ればかなり異質な存在であるが、先程の女性店員もたいしてツッコまなかったように、モンスターがいるような世界では、それ程の個性ではないのかもしれない。そんな風に輝久が考えていると、またマキの方から「チーン」と聞こえた。

「町の近くノお城に、テルの仲間がイる模様デス」

脳内のデータベースにアクセスした後、マキはウィン、ガシャンと歩き出す。

「仲間ねえ」

色々あってモヤモヤする輝久だったが、この世界アルヴァーナを救済しないと元の世界には戻れない。ならば前に進むしかないと、輝久は渋々、マキの後に続いた。


ぼんやり遠くに見えていた城の全容が窺える程に、輝久とマキが近付いた時、

「ケーッケッケッケ！」

人間のものとは思えない甲高い笑い声が響いた。

「な、何だ!?」

「愚かな人間共！　てめえらの大事な物は頂いたぜ！」

緊張する輝久の視線の先に、異形の者がいた。子供のような背丈だが、皮膚の色は緑。尖った耳に口元から覗く牙。ＲＰＧや異世界ものでお馴染《なじ》みの姿を見て、輝久は叫ぶ。

「あっ、アレ!! ゴブリン!? ゴブリンか!?」

少しテンションの上がる輝久。

しかし、様子がおかしい。ゴブリンが町中に現れたというのに人々は悲鳴一つあげない。騒いでいるのは輝久だけで、女性二人が談笑しながら、ゴブリンの隣を通り過ぎていく。

まるで無視されているような状況のゴブリンは少し切なげな顔をしていたが、輝久とマキの視線に気付くと、再び声を荒らげた。

「ケッケケケ！ 今日も野菜は貰っていくからなあ！」

言われて輝久は気付く。ゴブリンの背後には荷台があり、野菜が山程載《の》っていた。

「ものすごい盗んでんじゃん！」

「アルヴァーナに生息すル、悪いモンスターだと思われマス」

輝久が腰に付けた銅の剣に手を伸ばしかけた時、近くで煙草《たばこ》を吹かしながら様子を見ていたおじさんが言う。

「ありゃあ腐りかけの野菜だから別にいいべさ」

「そうなの!? ……お、おい、お前！ それ腐りかけてんだってよ！」

驚いた輝久はゴブリンにそう教えてやった。なのに、ゴブリンは哄笑《こうしょう》する。

「キケケケケ!! そうだ!! コレは腐りかけの野菜だァ!!」

「知ってんの⁉　いいんだ、それで⁉」

「俺達は多少腐りかけの野菜でも美味《おい》しく頂けるのだ‼　ってかお前、見ない顔だな‼　誰だ‼」

するとマキが輝久の前に躍り出て、ぺたんこで硬そうな胸に手を当てた。

「マキは女神デ、テルは世界を救ウ勇者なのデス」

「め、女神と勇者だあ⁉」

驚愕の表情を浮かべるゴブリン。事なかれ主義のようだった周りの人々も足を止める。

「勇者だって？　あの少年が？　まさか！」

「連れの女の子を見ろ！　女神っぽくもないが人間っぽくもない！　ということは――」

「もしかして、本当に勇者⁉」

ざわつく周囲。呑気《のんき》に煙草を吸っていた先程のおじさんも目を大きく見開いている。

「あ、アンタ、勇者って本当だべか？」

「まぁ、一応」

輝久が肯定すると、周りにいた人々がワァッと歓喜の声を上げた。

「伝承にある、違う世界からの勇者様だ！」

「何と凜々《りり》しいお姿！」

「救世主だ！」

称賛する人々に囲まれ、流石に照れる輝久。彼らは笑顔で言葉を続けた。

「遂に現れたぞ‼　アルヴァーナの新鮮な野菜と果物を守ってくれる、伝説の勇者様が‼」

「ああ!!　素晴らしき『農作物の守護者』!!」

「いや、ちょっと待って!!　俺、そんな立ち位置なの!?」

愕然として輝久は叫ぶ。『農作物の守護者』——何という低レベルな転生勇者だろうか。そんな二つ名の勇者を輝久は聞いたことがない。

（流石は難度F世界……！）

輝久は脱力したが、マキは鋭い視線でゴブリンを見据えて、メイド服の袖をまくる。

「それデハ早速、悪いモンスターを懲らしメまショウ！」

「このゴブリン、食べられない野菜を持っていくんだろ？　だったら別に悪いことしてないじゃん。むしろ良いことじゃね？」

「そうなのデス？」

「見てみ。誰も怒ってないし」

町の人達は台車を引くゴブリンの肩を叩いたり、優しい言葉をかけたりしていた。老婆がゴブリンに微笑みかける。

「いつもご苦労さん。ありがとね」

「おうよ！　毎度あり！」

（業者か！）

輝久は心の中で溜め息を吐いた後、幼児アンドロイドに言う。

「……マキ。城に行こう」

「ハイ」

元々あまりなかったやる気を完全に失う前に、輝久が自発的に場を後にしようとすると、

「お待ちください、勇者様！」

突如、輝久とマキの前に片膝を突き、跪く者が現れた。黒い髪をポニーテールにした凛々しい顔立ちの女性で、鉄の甲冑をまとっている。

「アドルフ王の配下で、兵士長を務めるセレナと申します！　プルト城にて、王が待っておられます！　何卒、私にご案内を！」

「あっ、そんなかしこまらないで。どうせ今から行くつもりだったし」

跪くセレナに立つように促しながら、輝久は城に仲間がいるとマキに言われたことを思い出す。

うーん。この人は案内役みたいだから違うとして……。

「なぁ、マキ。俺の仲間って、まさか王様じゃないよな？」

「分かりかねマス」

するとセレナは破顔一笑した。

「アドルフ王の子女であらせられるネィム様が、勇者様のお力になれるよう日夜、治癒《ちゆ》のスキルを磨いております！」

「へぇ、ヒーラーか！　じゃあ怪我を治したりできるんだな！」

「え、えぇと、そうですね……」

歯切れ悪そうに言うと、セレナは輝久の腕をちらりと見た。ガガ戦の後、気絶している時にマキ

に引きずられてできた傷を指さす。

「このくらいの傷ならば、おそらくは治せます！」

「え……この掠《かす》り傷で『おそらく』なの？」

輝久は、絆創膏《ばんそうこう》もいらない程度の傷をまじまじと見る。セレナは笑顔で言う。

「ご安心ください！　ネィム様は今、聖なる祠《ほこら》で最後の追い込みをしておられます！　修業を終えた暁《あかつき》には、擦り傷や掠り傷、軽い捻挫《ねんざ》や打ち身も癒やせるようになる筈です！」

(湿布レベルかよ！)

輝久は内心驚くが、近くで話を聞いていた町の人達は「素晴らしい！」「流石はネィム様！」と口々に褒め称えた。

セレナが輝久達を先導するように、恭《うやうや》しく手を前方に伸ばす。

「詳しいお話はアドルフ王から！　それではプルト城に参りましょう！」

「はぁ。じゃあ、まぁ……」

セレナの後にマキと共に続こうとした時、成り行きを遠巻きに見ていたゴブリンが輝久を睨み付けた。

「おい、勇者！　お前、ネィムをイジめたらタダじゃおかねえぞ！　アイツ、良い子なんだからな！」

「イジめねえよ！　ってか、何でモンスターにそんなこと言われなきゃなんねえんだよ！」

「フン」と鼻を鳴らし、ゴブリンは腐りかけた野菜の載った台車に手を掛け、そのまま歩き去っていった。

「何だ、アイツ！　どんなモンスターだ！」

「アルヴァーナは平和な世界ですから。でもゴブリンの言った通り、本当にネィム様は良い子なんですよ！」

セレナはそう言って、くすりと笑う。

セレナの後に続きながら、楽しげな人々で賑《にぎ》わう往来を歩きつつ、輝久は思う。

（ホント、ほのぼのしてんなあ……）


町の中心部を抜けて案内されたプルト城は、敵の侵略を防ぐというよりは様式美的な趣《おもむき》のある城だった。城門を潜った後、警備の兵もまばらな美しい庭園を抜ける。

衛兵が一礼する横を抜けて、輝久とマキは螺旋階段《らせんかいだん》を上る。二階の王の間には、赤絨毯《あかじゅうたん》が敷き詰められており、その先の玉座にアドルフ王が腰掛けていた。

（王様って、この国のトップってことだよな）

歳は六、七十代だろうか。顎ヒゲを蓄えた荘厳そうなアドルフ王に、輝久はおずおずと近付いていく。王が座ったまま、口を開く。

「勇者よ。よくぞ我が城に来てくれた。早速じゃが、頼みがある。どうかこの世界アルヴァーナを救って欲しい」

シリアスな雰囲気に輝久は少し緊張するが、マキは物怖じせずきっぱりと言う。

「マキ達に任せテくださサイ」

「はて。貴女は？」

「女神デス」

「何と！　お人形のようじゃのう！　小さく、そして愛らしい女神じゃなあ！」

まるで孫娘を見るように、相好《そうごう》を崩すアドルフ王。マキのお陰で周囲の空気が弛緩《しかん》したようだ。

輝久はホッと息を吐く。

（それにしてもマキの外見を見ても、女神だって疑わないんだな）

アドルフ王もまた、先程見た町の人々同様、純粋な人物なのかもしれない。マキがテルを細い手で指さす。

「テルは先程、ゴブリンを退治したのデス」

「退治っていうか、スルーしただけじゃない……？」

輝久がポリポリと頬を掻いていると、王は笑顔を改めて、またも荘厳な声を出す。

「ゴブリンを追い払うとは、流石は勇者といったところじゃの。しかし、ゴブリンなど比べものにならん、とんでもない巨悪がこのアルヴァーナに現れたのじゃ」

「それって、まさか！」

輝久は不死公ガガとの熾烈《しれつ》な戦闘を思い出す。王が話を続ける。

「北の大地で魔王が復活したとの噂がある。それに伴って、各地のモンスターの動きが活発化しておるらしい。奴ら、今までは野菜を盗む程度の悪さだったのじゃが、何と……」

悲痛な表情の王。近くにいる護衛の兵士達の空気も張り詰める。魔王軍によって数千、いや数万の命が失われたのかもしれない。輝久は固唾《かたず》を呑んで、王の話に聞き入った。

「奴らは何と、果物にまで手を出したのじゃっ!!」

「……はい？」

呆気に取られる輝久。ざわざわとする王の間で、兵士達が真剣な表情で呟く。

「畜生め！　野菜ならともかく、果物はキツい！」

「ああ！　新鮮でジューシーな果物まで持っていかれたら、もう笑えない！」

「食後のデザートが無くなってしまう！」

頭を抱える兵士達。歯を食い縛り、顔を伏せる王。そんな中、輝久は内心憤っていた。

（くっだらねえな！　ざわざわすんな、そんなことで！）

涙目の王は輝久にすがるように歩み寄ると、両手をがっちり握って懇願《こんがん》する。

「勇者よ！　頼む！　アルヴァーナの野菜と果物を守ってくれ！」

何だ、この展開！　子供向け絵本の世界観かよ！

そんな風に思い、絶句する輝久の代わりに、

「大丈夫デス。大船に乗っタつもりでいテくださサイ」

マキが薄っぺらい胸を片手でドンと叩く。途端、王の顔が明るくなった。

「おお！　頼もしいのう！」

「アルヴァーナの全作物はテルが守りマス」

「何だ、全作物を守るって!!　ビニールハウスか、俺は!!」

それじゃあ、農家の人じゃねえかと無性にイラついていると、アドルフ王は心配げな顔を輝久に向けてきた。

「勇者よ。怖気づいておるのじゃな？」

「呆れてんだよ!!」

輝久も流石に辛抱できなくなって大声で王に叫ぶ。

「それに俺、もう一体、倒したし！　ガガって奴！」

すると、アドルフ王はキョトンとした顔を見せた。

「はて？　何じゃ、それは？」

「不死公ガガって言ってた。結構——いやメチャクチャ強いモンスターだったぞ」

「そんな名のモンスターは知らんのう。セレナ兵士長、知っておるか？」

此処まで案内してくれた女兵士セレナもまた、小首を傾げる。

「いいえ。野良のモンスターでしょうか？」

王の間にいた兵士達も皆、顔を見合わせていた。誰もガガのことを知らない様子である。

（ええええええ……!!　じゃあ俺は一体、何と戦ってたんだ……!?）

アドルフ王は、輝久からマキに視線を移す。

「とにかく、早速、アルヴァーナの農作物を守る冒険に出発して欲しいところじゃが——」

「ホントに俺、そんな冒険に出掛けるんだ……イヤだな……すごく」

「そう言うでない。我が娘、ネィムも聖なる祠で修業をしておる。明日には戻る予定じゃ。是非、仲間として連れてやって欲しい」

「はぁ……。じゃあ、まぁ一応……はい」

農作物を守るような旅に果たしてヒーラーの仲間が必要なのか。輝久は甚《はなは》だ疑問だったが、とりあえず頷いておいた。

「今日はもう遅い。城で休んでいかれるとよかろう」

プルト城のアドルフ王は、輝久に柔和《にゅうわ》に微笑みかけながらそう言った。

兵士長のセレナに案内されたのは、壁に絵画などが飾られた豪奢《ごうしゃ》な客室だった。

セレナと一緒にテーブルを囲み、城のメイドが運んできた食べ物を腹に収めた後で、輝久は果物のデザートを食べる。

「……確かにうまいな」

メロンのような味の果物だった。他にも輝久が日本にいた時にも食べたことのないような、珍しい味の果物が運ばれてくる。それらは甘くジューシーで、輝久は満腹だったにもかかわらずデザートを食べ続けた。

(魔王が欲しがるのも分からなくはないか)

だからといって、果物を盗むなど魔王がやることとは思えない。やっぱり変な世界だ、アルヴァーナは。

「もグもグ。美味しいデスネ」

隣のマキを輝久はジト目で見る。ナイフとフォークを使いながら、普通に食事している。

「どうなってんだ。お前の消化器官は」

「分かりかねマス」

マキの体について考えるだけ無駄だろうと思い、輝久は目を逸らした。くすくすと笑っているセレナと目が合う。

「本当に可愛らしい女神様ですね。どことなくネィム様と似てらっしゃいます」

「えっ、待って。ネィムって幾つくらいなの？」

「今年、十歳になられます」

「若っ⁉」

「背丈もそちらの女神様と同じくらいですよ」

果物を守る冒険に同伴するのは、二名の幼女。何なんだ、俺のパーティは。子供会か。

輝久が溜め息を吐くと、マキは大きな欠伸《あくび》をした。

「マキ、眠クなってきましタ……」

「あらあら。それでは寝室に案内いたしますね」

やはり笑いながらセレナは言う。ってかマキ、眠たくなるんだ？　ロボっぽいのに！

客室を出ると、セレナの後に続いて廊下を歩き、寝室に向かう。

「テル。手を……」

「何でだよ！」

マキは手を繋ぎたがっていたが、輝久は恥ずかしいので拒否する。するとマキは、輝久の皮の鎧から出ている服の裾を握った。これくらいなら良いか、と輝久は放置する。

「では勇者様はこちらの部屋をお使いください」

セレナが寝室の扉の前で歩みを止めて言った。輝久が礼を言うと、セレナは向かいの部屋を手で指す。

「女神様はこのお部屋を――」

「イヤデス。マキ、テルと一緒にいたいデス」

「はぁっ⁉　何で⁉」

「何で、とおっシャやいましてモ、一緒にいたいのデス。好意に理由ガ必要なのでショウか？」

あまり喜怒哀楽が顔に表れないマキだが、この時は寂しそうに見えた。セレナが慌てて、間に入ってくる。

「それではベッドが二つあるお部屋を用意いたしますので！」

「何だかもう、ホントにすいません……」

改めて案内された寝室には、セミダブルのベッドが二つ並んで置かれていた。

既にうつらうつらしていたマキは片方のベッドに倒れ込むや、すぐに寝息を立て始めた。

「寝るの早っ‼　一緒の部屋にした意味なくね⁉」

輝久が呆れていると、セレナは気まずそうな素振《そぶ》りの後、決心したように声を張る。

「あ、あのっ‼　勇者様はもしや、幼女がお好きなのでしょうか⁉」

「そんな訳ないだろ‼」

「良かった！　ネィム様に手を出されたらと思うと私、気が気でなくて！」

「ロリコンじゃないんで、俺！」

そんなやり取りの後、セレナは部屋を出ていった。輝久はまたも溜め息を吐きながら、隣で寝ている幼児体型アンドロイドを見据える。

「スー、スー」

アンドロイドなのに女神。寝息を立てるわ、ご飯は食べるわ、おまけにちょっと寂しがり。

(アンドロイドって、もっと知的なイメージあったけどな。いや、アンドロイドじゃなくて女神だっけ？　何だ、もう！　よく分からん！)

輝久は眠るマキに対して、そっぽを向くようにして自分のベッドに寝転がった。

マキのことは置いておいて——輝久は今日あったことを回想してみる。

異世界に来てから、色んなことが矢継ぎ早に起きた。中でも、いきなりの不死公ガガとのバトルは、輝久の脳裏に深く刻まれていた。

ガガの恐ろしい姿と、熾烈な戦闘を思い出し、輝久はブルッと体を震わせる。あんな奴とはもう二度と戦いたくない。

しかし、その後は難度Fの世界に相応しい展開だった。町の人は優しく、モンスターであるゴブリンすら人間に敵意を持っていない。アドルフ王も人の良さそうな君主で、勇者としての輝久の役目は『アルヴァーナの野菜と果物を守ること』。

ならば、不死公ガガとは一体何だったのか。分からない。分からないが――。

(命がけの異世界攻略よりは、平和な異世界攻略の方がマシだよな)

野菜や果物を守るだけで元いた世界に戻れるなら、それに越したことはあるまい。うん、きっとそうだ。そうに違いない。

半ば、自分に言い聞かせる。そんなことを考えているうちに、輝久も眠くなってきた。

やがて、隣のマキの寝息も気にならない程に輝久はまどろんでいった。

幕間　優しいヒーラー

五年前。プルト城の優しき老王アドルフは、幼いネィムに言った。

「ネィムよ。治癒魔法を磨き、いつかアルヴァーナに現れる勇者を助けてあげるのじゃ」

「はい、父様！　ネィム、頑張りますです！」

ネィムは胸の前で両手を握り、癖のある茶色の髪を揺らせながら答えた。五歳のネィムの可愛い仕草に、王は威厳のある顔を皺くちゃにして微笑む。

「しかし気を付けるのじゃぞ。勇者現れし時、魔王もまた復活すると言い伝えにある」

「父様！　魔王って、とっても悪い御方なのですよね！　それって、ひ、人を……人を殺したりするのです!?」

ネィムはドキドキと緊張しながら尋ねた。王は険しい顔で言う。

「いや。野菜や果物を盗むらしいのじゃ」

「あっ⁉ そんな感じのアレなのです⁉」

「うむ。そんな感じのアレじゃ」

「ネィム、人殺しをするような悪いモンスターかと思いましたです……」

「はっはは！ そんなモンスターは絵本の中だけじゃて！」

王は快活に笑った後で、悲しげな表情を見せた。

「それから、ネィムや。人殺しとかそんな言葉を言わないでおくれ。父、恐ろしい……！」

「ご、ごめんなさいです！」

話を聞いていた王妃が堪りかねて吹き出す。

「ふふ。本当に悪いモンスターはアルヴァーナにいませんからね」

両親の話を聞いて、拍子抜けした顔のネィム。王妃はなおも、クスクスと笑い続けた。

「いつか魔王とも仲良くなれると良いわよね」

「は、はいです、母様！ それから、あと……」

ネィムは両手の指を合わせてモジモジしていたが、やがて思い切って言う。

「ネィム、勇者様とも仲良くできますですか⁉」

違う世界から現れるという勇者。その仲間になるということは、長い間、一緒に旅をするということである。もし勇者に嫌われたらと考えると、ネィムは気が気でなかった。

不安でいっぱいのネィムの頭を、王妃が優しく撫でる。

「ネィムは明るくて良い子だもの。ネィムのことを嫌いになる人なんていませんよ」

瞬間、ネィムの顔は花が咲いたように明るくなった。

「ありがとうです、母様！」

「うむ！　意地悪な勇者ならワシが叱ってやるわい！」

「ありがとうです、父様！」

王と王妃の優しさにネィムは感謝する。素敵で優しい両親の元に生まれて、自分は何て幸せなのだろう。幼いながらにネィムは心からそう思っていた。

突然、王妃がコンコンと咳をする。やがて咳は激しくなり、王が王妃の背中を擦った。

「そろそろ床についてはどうじゃ？」

「そうですわね……」

「ネィム、母様と一緒に行きますです！」

王と兵士の肩を借りて歩く王妃のドレスの裾を、ネィムは握りながら歩いた。

王妃の間に着くや、ベッドに倒れ伏すように横たわった母に、

「えいっ、えいっ！」

ネィムは習ったばかりの治癒魔法を施した。

ネィムの掌から淡い光が発せられる。ネィムは王妃の胸の辺りを小さな掌で撫でた。

「ありがとう。ネィムのお陰でとても気分が良くなりました」

王妃はにこやかに言ったが、顔は蒼白《そうはく》でこめかみから汗が伝っていた。

『治癒魔法は、怪我は治せても病を癒やすことはできない』――魔法理論の常識であり、幼いネィムですら、そのことを知っていた。それでもネィムは自分にできることをしたいと、母に治癒魔法を施した。そして王妃もまた娘の愛情を感じていた。

「ネィムの力は優しい力です。きっと勇者様も喜んでくれる筈ですよ」

「はいです、母様！」


一年後。優しい王妃が病魔に負けじと気丈にネィムに微笑んだ、あの日と同じベッドの傍らで、医者が首を横に振る。沈痛な表情の王の隣で、ネィムは激しく泣きじゃくっていた。ネィムが六歳になる一ヶ月前に王妃は亡くなった。

……王妃の国葬から数日が経過した。ネィムは町でイタズラをするゴブリン達の後を追いかける。

「コラー！　野菜を盗むなですー！」

「やべっ！　ネィムだ！　逃げろ！」

二体のゴブリンは市場で盗んだ野菜を抱えて走り出した。ネィムもその後を走るが、足がもつれて転んでしまう。

ネィムが転んだのに気付いて、二体のゴブリンが背後を振り返る。小柄な方のゴブリンが叫んだ。

「兄貴！　ネィムがこけたぞ！」

「何っ⁉」

二体のゴブリンは慌ててネィムの元に駆け寄ってきた。やや大柄なゴブリンが倒れているネィムに声を掛ける。

「おい、大丈夫か……って、血が出てるぞ、ネィム！」

「マジか！　俺、血ィ苦手だ！」

血を見て騒ぐゴブリン達。しかしネィムはにこりと笑う。

「平気なのです。このくらいの怪我なら……」

ネィムは擦り剥けた膝に手を当てる。やがて治癒魔法が発動して、出血が止まった。傷は完治とは言えないものの、かさぶたに変化している。

「おー！　やるなあ、ネィム！　すげえな、治癒魔法って！」

感心するゴブリン達。だが、ネィムは小さく首を横に振る。

「ダメでしたのです」

「ダメって？　傷を治せたじゃねえか」

「でも、母様は治せませんでした……」

ネィムは懇願するように、ゴブリン達に迫る。

「魔物の方々は、人間よりも魔法に詳しいと聞きますです！　教えてくださいです！　もっともっとネィムが頑張ったら、病だって治せるようになりますですか⁉」

「そ、それは……」

言葉に詰まって、顔を見合わせるゴブリン達。いつしかネィムは泣きながら叫んでいた。

「いつか、母様のように病で苦しんでいる人達を助けられますですか⁉」

小柄なゴブリンが、目を潤《うる》ませる。

「兄貴！　俺、もうダメだ！」

「な、泣くなバカ！　しっかりしろ！　モンスターとしての威厳を保て！」

そして大柄で兄貴格のゴブリンがネィムの前に一歩、ズイと進み出た。

「治癒魔法で病を治すだと⁉　そんなヒーラー聞いたことねえよ‼」

「兄貴⁉　ひでえよ‼」

「や、やっぱり……ダメなのですね……」

両手で顔を覆うネィムに兄貴格のゴブリンは言う。

「だから、お前が最初になれよ‼　ネィムは将来、勇者のパーティに入るヒーラーなんだろ‼　病ぐらい治せるようになるに決まってんだろうが‼」

そう叫ぶゴブリンの目からも涙が溢れていた。ネィムは自分の目をゴシゴシ擦ると、どうにか笑顔を繕った。

「ありがとうです！」

「魔物に礼なんか言うな、バカ野郎！」

ゴブリン達も腕で涙を拭いながら、踵《きびす》を返す。盗んだ野菜を地面に置いたままで。

「あれ、兄貴。野菜は？」

「いらねえ！　俺は決めた！　コイツが優秀なヒーラーになるまで、俺は腐りかけた野菜しか盗まねえ！」

「はぁ。えっと……それ、兄貴だけっすよね？」

「お前もだよ‼」

「えええええ‼」

そんなことを言いながら、ゴブリン達はネィムの元から立ち去っていった。


更に数年後。兵士長に昇格したセレナが、プルト城内で王の護衛をしていると、お抱えの審神者《シャーマン》が血相を変えて走ってきた。

「遂に神託《しんたく》が下りました！　勇者召喚が近いですぞ！」

プルト城は騒然となる。そのことは、すぐにネィムの耳にも入った。

王の間でネィムが元気な声を張り上げる。

「父様！　ネィム、仕上げに聖なる祠で修業をしてきますです！」

ネィムはキラキラと目を輝かせていた。幼い頃から聞かされていた勇者召喚。それが現実のものとなるのだ。

セレナはずっとネィムが研鑽に励んでいるところを見てきた。勇者のパーティにヒーラーとして加わる――無論、それはネィムが治癒魔法の修業を頑張る理由の一つであったが、王妃の病死がネィムにとって一番大きな要因となっていることに疑いはない。

「ネィムや。修業はもう良いのではあるまいか？」

王の言葉に、ネィムは茶色のくせっ毛をぶんぶんと横に振った。

「ネィム、たっくさん勇者様のお役に立ちたいのです！　それでは、失礼しますです！」

早口で言うや否や、ネィムは王の間から駆け出した。兵士長セレナは、この光景を見ながら目頭を熱くしていた。

「何と、けなげな……！」

城内にいる者は勿論《もちろん》、城下の町に住む者全て、王妃が病により早世《そうせい》したことを知っている。その結果、幼いネィムが不憫であったことも。

ネィムがいなくなった王の間で、アドルフ王が小さな声でぽつりと言う。

「ワシは、ネィムさえ気に入れば、勇者を婿《むこ》に迎えても良いと思っておる」

セレナは少し驚いて王の顔を見る。王はあからさまに辛そうな表情だった。

「まだ会ったこともないのに、気が早いのではありませんか？」

「世界を救うべく召喚される勇者じゃ。性格だって良いに決まっとる。王妃が死んでから、ネィムにはずっと寂しい思いをさせた。ネィムが幸せならワシは……ワシは……ううっ！」

「泣くくらいなら、言わなきゃ良いでしょうに」

セレナはくすくすと楽しげに笑う。涙目の王は、セレナを軽く睨んだ。

「おい、セレナ。ワシは王様じゃぞ？　この国で一番偉いんじゃぞ？　兵士長のお前といえど、ワシの機嫌を損ねると――」

「どうにもならないでしょう？　だって、此処は平和なアルヴァーナですから！」

セレナは微笑む。アドルフ王は「ふん」と鼻を鳴らすと玉座に戻り、ゆったりと腰を下ろすと、窓の外を優しい眼で眺めた。

セレナもまた城外を見下ろす。肥沃で豊かな田園地帯が広がっていた。

第５９８６章　天動地蛇の円環《クリカエスセカイ》――侵食のボルベゾ

ノクタン平原に立つ輝久の前に、ＲＰＧでよく見る青くブヨブヨしたスライムが飛び跳ねている。

輝久はドレミノの町で買った銅の剣を上段に構えた。光の女神ティアの魔力が宿った剣を、スライムに叩き付ける。

「せやっ！」

気合いを入れた魔法剣の一撃は、だが、スライムの体を僅かに掠っただけだった。

「きゅ、キュー！」

甲高い声を出して逃げていくスライムに輝久は左手を向けた。先程、ティアに習ったばかりの光の魔法『ライト・ボール』を発動しようとして、

「コラ」

輝久はティアに軽く背中を押された。体勢を崩され、輝久の掌から出た『ライト・ボール』は逃げるスライムから離れた草むらに着弾する。

輝久は少しムッとして振り返るが、ティアもまた顔をしかめていた。

「やりすぎ。懲らしめるくらいで良いんだってば」

「そ、そっか」

我に返って反省する。この世界アルヴァーナは難度Fの世界であり、モンスターも殺すのではなく、追い払ったり改心させたりするだけで良いと、輝久はティアから釘《くぎ》を刺されていた。輝久は「ごめん」と頭を下げる。

「でもまぁ、装備もゲットしたし、初めてのモンスターとも戦った。今のところ順調に進んでるわね」

「もうちょっとやり甲斐のある敵と戦ってみたいんだけどな」

素直に心情を吐露《とろ》すると、ティアは意地悪そうな顔をして輝久に近付き、ツンツンと肘《ひじ》で突く。

「テルってば、やる気満々ねえ」

「い、いや別に！」

やる気に満ちていると思われた気恥ずかしさと、ティアに密着されたことが相まって、輝久の顔は熱くなる。

「私は早く帰りたいわ。テルだって最初は、元の世界に戻りたいって言ってたのに」

ティアと一緒にアルヴァーナに来て、既に数時間が経過していた。

輝久は、ティアと初めて出会った時、自分と性格が似ていると感じた。ティアも輝久も異世界攻略に関して、基本的に冷めていたのだ。なので、輝久も通常なら、一刻も早く冒険を終えて元の世界に戻りたいところなのだが……。

輝久は横目で、ティアをちらりと見る。完璧に整った顔に、しなやかな肢体《したい》。輝久の理想と願望をそのまま具現化した、まさに女神と呼ぶに相応しい女性である。

ティアと一緒なら、よく分からないこの異世界の冒険も悪くない——輝久はそんな風に思い始めていた。

「とにかく、次はプルト城に向かいましょう。そこに最初の仲間もいるみたいよ。資料によると、王女様でヒーラーね」

「へえ。回復役がパーティにいれば心強いな」

「実際、アルヴァーナで大きな怪我なんてしないと思うけどね。それに、難度F世界のヒーラーなんて、まともな治癒魔法が使えるとは思えないし」

「えええ……？　そうなんだ……？」

想像と違ったせいで肩を落とす輝久。ティアは金髪を弄りながら言う。

「気楽にほのぼのやれば良いんだって。アルヴァーナは、眠ってても攻略できるような異世界なんだから」

話しながらティアは、遠くに見えるプルト城に向かって足を進める。輝久が焦ってティアを追おうとした、その時だった。空が一瞬、真っ白に輝いた。

二人とも歩くのを止めて立ち止まる。

「雷か？　今、光ったよな？」

「ええ。おかしいわね。こんなに晴れてるのに」

ティアは不思議そうに言った後、ハッと気付いたように早足で歩き出した。

「急ぎましょ。雨でも降ったらドレスが濡《ぬ》れちゃうわ」


「……おおっ！　あの見目麗しい姿は、伝承にある女神様に違いない！」

「ならば、隣の男性は勇者様か！」

プルト城下では、輝久とティアを見た兵士達がざわめいていた。

少し照れる輝久とは逆に、ティアは自信たっぷりに歩を進める。そして当然のように城門を潜り、跪く兵士達の横を通過して王の間に辿り着くと、観音開きの扉をばーんと開けた。

王と兵士達が驚いた顔で、ティアと輝久を交互に見る。輝久は気まずくなってティアの耳元で囁いた。

「自分の家みたいに普通に入ってきちゃったけど……大丈夫？」

「良いの。私、女神ですから」

さも慣れた様子で言うティアに、輝久はハラハラしていた。アドルフ王が慌てて玉座から立ち上がる。

「い、いきなりでビックリしたが……女神様と勇者殿じゃな！　よくぞ参られた！」

「迎えが無いので、こちらから来てしまいましたわ。ええ、迎えが無かったもので」

「そ、それは悪かった！　いや本当に申し訳ない！」

輝く笑顔のまま、歓迎が無かったことを強調するティアに、王も護衛の兵達もタジタジであった。

此処までくると輝久は、ティアを頼もしいと思い始めていた。

「私達にアルヴァーナの野菜と果物を守って欲しいんですよね？　頑張ります」

「あっ？　えっ？　う、うむ、そうじゃ！　お願いします！」

アドルフ王が言葉の先を取られて面食らっていたが、輝久もまた初めて聞く事実にたまげていた。

「ちょっと待って⁉　ティア‼　俺の仕事って、野菜と果物、守ることなの⁉」

ティアが「まぁまぁ」と輝久の肩に手を載せる。

「難度Fだから。その分、元の世界に早く帰れるわ。考え方次第よ」

思いもよらない低レベルな使命だと知り、輝久は愕然とする。だが、王も兵士達も熱い眼差しを輝久に送っていた。後戻りはできそうにない。

ああ、なるほど。だからティアは今までこのことを黙っていたのか。

腑《ふ》に落ちない様子の輝久に構わず、ティアはアドルフ王と話を続けた。

「此処にヒーラーの仲間がいるんですよね？」

「女神様は何でも知っておるのう。そうじゃ！　昨日、我が娘ネィムが聖なる祠での修業から戻ってきたところなのじゃ！」

王が手を叩くと扉が開かれた。輝久は背後を振り返る。

赤絨毯の先に、神官姿の幼い女の子が立っていた。強《こわ》ばった顔で、右手と右足を同時に出し、あからさまに緊張しながら歩いてくる。幼女は気まずそうに輝久の隣を通り過ぎると、いそいそと王の隣に向かう。アドルフ王がこほんと咳払いをした。

「これ、ネイム。自分で挨拶するのじゃ」

「は、はいです！」

王に窘《たしな》められて、幼女は輝久の元へ再び歩いてきた。意を決したように言う。

「わ、わ、私、ネイムって言いますです！　勇者様！　よろしくお願いしますです！」

変な喋り方だなあ、と思いながら、輝久はネイムを改めて眺めた。

癖のあるセミロングの茶髪に愛らしい顔の幼女は、小学生低学年のような背格好だ。

ネイムは持っていた花束を輝久に差し出した。

「こ、これ、プレゼントのお花なのです！」

花束を持つ手が、プルプルと震えている。見かけ通り、純粋な子らしい。

少し照れくさかったが、これから仲間になる幼女からの贈り物である。輝久は頬を指で掻いた後、礼を言う。

「え、と。ありがと」

「はいです！」

ネイムは緊張がほぐれたのか笑顔を見せた。無垢《むく》な笑みに輝久も釣られて笑う。そして、輝久が花束を受け取ろうと右手を伸ばしたその時。ガヤガヤと周囲が騒がしくなった。ネイムが輝久から視線をそちらに向けた。

「……えっ」

呟いて、絶句するネイム。先程までの満面の笑みが消え失せ、蒼白な顔で輝久の背後の扉付近を見詰めている。ネイムだけではない。アドルフ王も、王の間にいる護衛の兵士達、全ての視線がそちらに向けられていた。

輝久も振り返り——驚愕の為、目を大きく見開く。

扉の前には、ポニーテールの女兵士が立っていた。だが明らかに様子がおかしい。彼女の体の右半分は、大きく肥大していた。左半身は細い女性の体なのに、右半分はでっぷりとした泥色の醜い肉体。彼女の体の右半分が、怪物のようになっているのだ。

「あ……ぐが……！」

女兵士は苦しそうに言葉を吐き、片方だけの目から涙を流していた。

「セレナ兵士長!?　どうしたのじゃ、その姿は!?」

女兵士の異変を見て、王が叫ぶ。

「セ、セレナさん……!?」

ネイムが輝久に渡しかけていた花束を赤絨毯に落とした。色とりどりの花びらが、王の間に散る。

王とネイムの呼びかけに答えたのは、女兵士セレナではなく、右半分の不気味な肉体だった。半分の唇から、下卑た声を出して笑う。

「ぐへへへへ！　この女の体はオデが貰ったぞおおおおお！」

輝久は堪らず、隣のティアを見る。

「な、何だよ、アレ!?」

ティアも真剣な表情で眉間に皺を寄せていた。

「体半分が魔物に乗っ取られているようね」

ティアはキッと怪物を睨む。

「アンタ一体、何者？」

すると半身の怪物は、王の間に哄笑を轟かせた。

「ぐひへへへへへ!!　戴天王界が覇王!!　侵食のボルベゾ!!」

「戴天王界……？　侵食のボルベゾ……？」

ティアが心底不可解といった様子で言葉を繰り返す。輝久はティアの手前、緊張を押し殺して平静を装った。

「急に強そうな敵が出てきたな」

「どうせ見かけ倒しよ。何度も言うけど、アルヴァーナは難度Fの世界なんだから」

その時だった。左半身のセレナが苦しげに喘《あえ》ぎ、片膝を突く。

「セレナさん！」

咄嗟にネィムが叫んで、セレナの元に駆け付ける。

「ネィム!?　近寄ってはならん!!」

王の悲痛な声。兵士達もざわつくが、それでもネィムはセレナに駆け寄った。

「お、おい!!　あの子、大丈夫かよ!?」

輝久もまた叫ぶ。セレナの半身は怪物なのだ。近寄っては攻撃される可能性がある。

事態は切迫しているように輝久には思えたが、ティアはこの様子に、したり顔を見せる。

「なるほどね。きっと、ネィムの治癒魔法はあの怪物に有効なんだわ」

「どういう意味だよ？」

「ゲームなんかでも、よくあるでしょ？　仲間の優位性を見せる為の演出よ。ネィムの力で、このピンチをどうにか切り抜けられるって訳」

「ああ！　そういうことか！」

輝久は納得し、安堵した。見れば、ネィムは倒れたセレナに既に治癒魔法を施していた。淡い光がセレナの右半身となった怪物ボルベゾに照射される。

「ぐぬあああああ!?」

右半身のボルベゾは、ネィムを攻撃するでもなく、野太い叫び声を上げていた。

「ネィム様……ありがとうございます……」

更に、涙ながらに感謝する左半身のセレナ。これを見て、輝久もティアの言ったことが真実だと確信した。

しかし……苦しげだったボルベゾは、一方の口角をにたりと上げる。

「ぐっひゃはは！　全く、驚いちまったなあああ！　何だあ、このレベルの低いヒーラーはあ？　おめえの治癒速度なんかより、オデの侵食速度の方がずっとずっとはええぞおおおお！」

ネィムは淡い光を必死にボルベゾに当てていた。それでも、泥が徐々にセレナの残っている体の部分に広がっていく。

「う……あああああ!!」

セレナが苦しげに呻いた。ネィムは治癒を続けながら、涙を流す。

「ごめんなさいです。ごめんなさいです。治せなくてごめんなさいです」

輝久は居ても立ってもいられなくなって、隣のティアの肩を揺すった。

「様子が変だぞ!!　やっぱり俺らが何とかしなきゃいけないんじゃないのか!?」

「確かに妙ね。難度Fにしては展開がハードすぎるわ。もしかしたら、イレギュラーが起きてるのかも。なら……」

ティアがセレナの半身であるボルベゾに近付き、右手を向けた。ティアの右手が光を帯びて眩く輝く。

「レベル58光聖魔法『ピュリファ・ライト』！」

ネィムの手から発せられていた淡い光とは比べものにならない圧倒的な光量が、王の間を明るくする。王や衛兵達が歓喜の混じった声を上げた。

圧倒的な女神の力に、泣き顔のネィムも安堵しかけたように見えたが——。

「ああっ!!　あああああああ!!」

それでも、セレナは苦しみ続けている。いや、先程よりもなお一層、悲痛な叫び声を上げていた。

ティアの顔が徐々に青ざめていく。

「そ、そんな！　私の魔法に耐性があるの？」

「ぐへへへ！　女神の力もたいしたことねえなあああああ！」

セレナである部分がどんどん泥色に侵食されていく。ネィムは我慢できなくなったのか、ティアの隣で、セレナに向けて治癒魔法を再発動する。

「お願いです！　治って！　治ってくださいです！」

ティアとネイムが力を合わせるように、ボルベゾに魔法を照射する。だが、セレナは目を充血させて叫び続ける。

「ああああああああああ!!」

そんなセレナの絶叫は途中で途絶える。泥の侵食はセレナの口を完全に消失させ、ボルベゾの醜い唇に変わっていた。

「ぐひ！　ぐひゃへへひひひひひひ!!」

狂ったような笑い声が王の間に木霊する。やがてセレナは片目だけになり、その目すら泥の海に埋没するように飲み込まれていった。

「あ、ありえない！　難度F世界の魔物に、ピュリファ・ライトが通じないなんて！」

「セレナ……さん……ごめんなさい。ごめんなさいです……」

驚愕のティア。そして、ポタポタと涙を零すネイムの目前。セレナを完全に侵食して完全な一個の怪物と化したボルベゾが、むくりと立ち上がった。王が血相を変えて叫ぶ。

「ネイム！　其奴《そやつ》から離れるのじゃ！　それはもうセレナではない！」

ボルベゾは、巨体を揺らしながら不敵に笑う。

「ひひひ。安心しろよお。オデは攻撃なんてしねえよお。だってよお……」

そして粘液に塗れた黄土色の舌をベロリと出した。

「もう、このメスガキに感染してるからよおおおおおおおお！」

愉悦を孕《はら》んだ声。そして「ひひひ」と下卑たボルベゾの声がネィムの方からも聞こえる。

「な、何と言うことじゃ……！」

王が絶望のあまり、がくりと膝を突いた。輝久もまた、ネィムを見て愕然とする。

治癒の光を放っていたネィムの右手の甲。そこに小さなボルベゾの顔が現れていた。人面瘡《じんめんそう》のようなソレは、けたたましい笑い声を上げている。

輝久は救いを求めるように、ティアの様子を窺う。先程まで動揺していたティアは、いつしか怜《れい》悧《り》な眼差しをボルベゾに向けていた。

「今、奴は『感染』と言った。つまりウィルス性の病に近いスキルなのかもしれない……」

「病のスキル……？」

自らの手の甲に人面瘡ができていることに青ざめていたネィムは、病と聞くや、顔を引き締めた。

「ネィムは！　病を治せるヒーラーになるのです！」

そして無事な方の手を人面瘡に向ける。屹立《きつりつ》する巨大なボルベゾが近くで笑う最中、人面瘡が言葉を紡いだ。

「ぐひひ！　おめえの母ちゃん、病で死んだんだよなあ！」

「ど、どうして……それを知っているのです……！」

呼吸を荒くして、顔色を変えるネィム。人面瘡が笑い続ける。

「病を治せるヒーラーになる、だあ？　だったら、オデを治してみろよおおおおお！」

ネィムは人面瘡を睨み付けながら、光を当て続ける。だが、どんどん手の甲から泥が広がり、ネィムの小さな体はボルベゾに侵食されていく。

立って傍観している方のボルベゾが口を開く。

「カスみてえなヒーラーだなあああ！　そんな弱い力じゃあ、母ちゃんも仲間も、誰一人助けられねえぞおおおお！」

輝久は醜い巨体の怪物を睨みながら、鞘《さや》から剣を抜いた。

「あのクソ野郎！」

小学生のような幼い女の子が苦しんでいる。成り行きで勇者になった輝久ではあるが、この非道を前にして気持ちは高ぶっていた。セレナを侵食し、完全な怪物になったボルベゾに向けて剣を構える。

「アレがきっと本体だ！　俺がアイツを倒せばネィムへの侵食は止まる筈だ！」

「テル！　不用意に近付いちゃダメ！　アナタまで感染したら、手の打ちようがない！」

「だ、だったら、どうすんだよ！」

「落ち着きなさい！　おそらく、アイツのスキルは接触による感染！　遠隔で攻撃するのがベストよ！」

ならば、と初級光聖魔法『ライト・ボール』を発動させようとした輝久だったが、ティアは止めるように両手をかざした。ティアは祈るようなポーズを取り、屹立しているボルベソに鋭い視線を向ける。

「これは緊急事態！　なら、私の持つ女神の力、全てを解放する！」

祈りの為に組み合わせていた手を解く。ティアの掌は眩い光を帯びていた。輝久の背中にティアが両手を当てる。

「女神と勇者の力を掛け合わせる！　テル！　ボルベゾに向けて、右手を伸ばして！」

「こ、こうか？」

「ＯＫ！　いくわよ！　レベル77光聖魔法『ハイアー・ライトマジック』！」

『ライト・ボール』発動時とは比べものにならない眩い光が、輝久の右手を覆う。輝久の右手から発せられたのは、レーザーの如き熱光線。無防備なボルベゾに向けて、螺旋を描く光線が真っ直ぐに発射される。

光線が凄まじい速度で巨大なボルベゾの腹部に命中すると、王の間が真っ白な光に包まれた。

輝久がゆっくりと目を開く。近くでティアが、ぜえぜえと息を切らしている。ティアは輝久にニコリと微笑みかけたが——。

「う、嘘……！」

ティアの顔が驚愕の色に染まる。ボルベゾは平然と仁王立ち《におうだ》していた。

「ぐへへへへ！　どいつもこいつも非力な奴ばっかりだなあああああ！」

笑いながら、ほんの少しだけ焼き爛《ただ》れた腹をボリボリと掻いている。

「効いてないぞ、ティア！」

叫ぶが、ティアは無言だった。そして輝久は気付く。ティアの細い脚がガクガクと激しく震えていることに。

「今のは私の最大攻撃魔法……なのに、ノーダメージだなんて……！」

「あぐぅっ！」

ネィムの叫び声で輝久は背後を振り返る。ネィムの顔はまだらに変化しており、今にもボルベゾに体全てを乗っ取られそうだった。

息を呑む輝久と、片方だけになったネィムの目が合った。

「勇者様……わ、分かるのです……私はもう助からないのです……」

涙を浮かべながらネィムは苦しげに、だが気丈に笑う。

「完全な怪物になってしまう前に……その剣で……私ごと斬ってくださいです……」

「ネ、ネィム……！」

輝久は呟く。自身が持っている銅の剣が震えていた。

「あはは……勇者様……一緒に冒険したかったです……」

「ほーう。苦しいだろうに、まだそんな風に喋れるのかあああ」

完全体のボルベゾが興味深そうに、侵食されるネィムを眺めていた。ネィムは訥々《とつとつ》と喋り続ける。

「ア、アルヴァーナにはいっぱいお花があって……魔物達とも楽しく暮らしていたのです。勇者様……お願いなのです……ネィムの大好きなこの世界を守っ――」

突如、ネィムに代わって、半身のボルベゾの声が轟く。

「このメスガキ、小せえのに精神力はあるんだなあああ？　なら、ご褒美に痛覚を高めてやるかあああああ！」

ボルベゾが言い終わると同時に、

「いやああああああああ‼」

ネィムは片目を大きく見開いて絶叫した。

「殺して、殺してくださいです！　お、おねっ、お願いしますです！　痛い痛い痛い！　早く！殺して！　誰かっ！」

幼女の悲鳴に、輝久は身を切られる思いでティアを振り返る。

「お、俺……一体……ど、どうしたら⁉」

「ぐっ！」

ティアが唸る。ティアもまた逡巡《しゅんじゅん》している様子だった。その間もネィムは血の涙を流しながら叫び続けていた。

「ぐひへへへへ！　メスガキ、いたぶって遊ぶのは楽しいなあああああ！」

傍観している完全体のボルベゾが楽しげに嗤っていたが、不意に「おんやあ？」と間の抜けた声を出す。

侵食されているネィムの元に歩み寄る人影があった。

「……ネィムや」

アドルフ王は怪物と化しつつある娘の手を優しく握る。ティアが血相を変えて叫んだ。

「ダメよ！　触れたらアナタも感染するわ！」

それでも王は構わずネィムを抱きかかえた。その顔は何かの決意で満ちているように輝久は思った。

「父が今、この化け物を引き剥《は》がしてやるからのう」

そう言って、アドルフ王は片手でネィムの頭部を、もう一方の手で怪物の半身を掴む。

「何してるの!? 細胞レベルで同化されてるのよ!! そんなやり方じゃあ――」

「えぇい、黙れ!! 勇者も女神も何もできんではないか!!」

穏やかだった王の怒声にティアも言葉を失う。アドルフ王は、二の句が継げないティアから、消え入りそうなネィムの頭部へと視線を戻す。

「待っておれ。ワシが今、助けてやるぞ」

輝久も、ティアも、そして兵士達も為《な》す術《すべ》無く、王を見守っていた。王が力を入れると、ブチブチと肉を引きちぎる絶望的な音が連続して聞こえた。完全体のボルベゾが嗤う。

「ダメだよお、そんなに引っ張っちゃあ。ホラ……取れちまっただろおおお?」

アドルフ王が抱えているのは、ネィムの半分だけの頭部だった。苦痛に満ちた泣き顔のまま、ネィムは息絶え、もはや叫ぶこともなかった。

「ぐひひ! おめえが殺したんだぞおおおお! ぐひひひひひひ!」

アドルフ王の隣。引き剥がされたボルベゾの半身が嗤う。嗤いながら、何と頭部の切断面がグジュグジュと音を立てて再生している。

「ネィム……おお……ネィム……!」

娘の頭部を抱きながら、王の号哭《ごうこく》が轟く。その間にネィムを侵食していたボルベゾもまた完全体に変化した。

二体のボルベゾは、下卑た笑い声を王の間に高らかに響かせる。更に、嗚咽する王からも下卑た声が聞こえた。

「おぉい、じじい。泣いてる場合じゃねえぞおお。おめえにも伝染《うつ》ってんぞおおお」

その声はアドルフ王の右手からだった。手の甲には新たなボルベゾの顔が浮き出ている。

「くっ！」と、再びティアが唸る。

「「「ぐひひひ‼　侵食、侵食、侵食うううううう‼」」」

三体のボルベゾが声を揃えて叫んだ。君主の危機に兵士達がざわつくが、ティアがアドルフ王に近付かないように注意を促す。

そんな中、輝久の隣にいた兵士から叫び声が上がった。腕を掲げて、恐怖の表情で叫んでいる。その腕には何と、新たなボルベゾの顔が現れていた。輝久が吃驚する。

「な、何で⁉　この兵士、ボルベゾに触れてないぞ‼」

輝久の近くにいた兵士である。ティアが言う通り、接触感染だとすれば話がおかしい。

「もしかして……空気感染か⁉」

そう言って、咄嗟に輝久は口に手を当てる。

「で、できるだけ、ボルベゾから離れるのよ！」

ティアもまた顔面蒼白でそう叫んだ。なるべくボルベゾから距離を取ろうと、輝久は窓際に近付いた。すると、窓の外からも悲鳴が聞こえて、輝久はちらりと外の様子を窺う。

「な……っ⁉」

見下ろして、驚愕する。外に居る者達にもボルベゾが感染していた。既に半身がボルベゾと化した者。人面瘡が体に浮かび上がっている者。城下もまた阿鼻叫喚《あびきょうかん》の巷《ちまた》であった。

「どうして城の外まで感染が⁉」

「わ、分からない！　でも、こうなった以上、もう本体と戦うしかない！」

ティアは自分を奮い立たせるように大声を出す。

「あのボルベゾを囲むのよ‼」

ティアが指さしたボルベゾ。それは女兵士セレナを侵食して、この城に入ってきたボルベゾであった。

「皆で力を合わせて、あのボルベゾを倒すの！　そうすれば、他のボルベゾも消える筈！」

輝久も頷く。おそらく他のボルベゾは分身のようなものだろう。本体を叩けば、後は消え失せる。問題はあのオリジナルのボルベゾを倒す手段はあるのかということだが、

「感染覚悟でやるしかねえよな」

輝久もまた覚悟を決めた。このままジッとしていても死を待つだけだろう。王の間の兵士達に輝久の決意が伝わったかのように、団結して本体のボルベゾに向かう。

「本体を囲め！　どうにかしてアイツを倒すんだ！」

兵士達に包囲されたボルベゾは、一際《ひときわ》けたたましい声で嗤った。

「おめえらカス共は、やること為すこと全て的外れなんだよおおお！　万が一――いや数百万が一、オデ一人を倒したとしても無駄なんだよおおおお！」

後を引き継ぐように、かつてネィムの体を侵食していたボルベゾが喋る。

「オデが本体！　そしてソイツもまたオデ本体なんだよお！」

「そうそう！　だからオデを殺しても――」

「こっちのオデが生きてるんだぞお！」

「全部が全部オデなんだよ、クソカス共があああああああああああ！」

ありえない。そんな訳がない。奴は苦し紛れの嘘を言っている。

輝久はそう信じたかった。だが、頼みの綱のティアの唇が震えている。

「オリジナルと同じ意識を持ちながら無限に増えていく……？　も、もし、それが真実なら、全てのボルベゾを一体残らず倒さないと勝てない……！」

ティアは今にも倒れそうなくらいに息を乱していた。

「何なのよ、この怪物は……！　こんなの救世難度S……いや、それ以上じゃない……！」

ティアの動揺を悟ったように、人面瘡を含むボルベゾ達が一斉に笑った。オリジナルだと思っていたボルベゾが口を開く。

「てめえら低レベルなクソカス共の理解の外！　それが戴天王界の覇王だあああ！」

一体、何を言っているのか輝久には分からない。突如、アドルフ王を半分程浸食していたボルベゾが凶気に満ちた笑い声を上げた。

「ぐひひひ！　殺すのじゃ！　勇者と女神を！　ぐひひひひひひ！」

アドルフ王はまだ完全に侵食されてはいないようだが、我が子を殺してしまったことで気が触れたのかもしれない。そう考えて、輝久は背筋が寒くなった。

そして、王だけではない。輝久の周囲にいる兵士達も次々とボルベゾに侵食されていく。

「こ、こんな！　こんなことが……！」

ティアがふらつき、壁に体を預けた。輝久の耳に獣のような叫び声が聞こえて、近くにある窓の外を再び見下ろす。町にいたゴブリンも半身ボルベゾになっていて、モンスターとしての本分を思い出したかのように、逃げ惑う人間に食らいついていた。

「ぐへへへ！　感謝しろよおおお！　おめえら弱小世界のクソ共が、オデ様と同化して強くなれるんだからよおおおお！」

輝久が視線を戻す。いつしかティアの元に浸食を終えたボルベゾが数体、にじり寄っていた。

「ティア！」

囲む筈が、逆に囲まれて――ティアは為す術もなく一体のボルベゾに羽交《はが》い締《じ》めにされる。

「女神は侵食しねええ！　このまま食べてやるうううう！」

「何て……ち、力……ッ！」

ティアが苦しげに呻く。やがて、肋骨《ろっこつ》がへし折られる鈍《にぶ》い音を輝久は聞いた。ティアは顔を苦痛に歪ませ、口から血を吐き出しながら、どうにか輝久に視線を向けた。

「テ、テル……逃げて……こんな敵……誰も倒せな――」

ティアの頭部は、口を大きく開けたボルベゾに、ばくんと呑み込まれる。

切断面から噴水のように血液が噴き出して、王の間を赤に染めた。ボルベゾの口腔《こうくう》から、グシャゴシャとティアの頭蓋《ずがい》を砕く咀嚼音《そしゃくおん》が響く。

「あ……あああ……！」

輝久の足は動かず、その場にへたり込んでしまう。ティアが惨殺されるのを目の当たりにして腰が抜け、動くことができなかったのだ。

満足げにティアの頭部を嚥下《えんか》したボルベゾは、やがて不思議そうな顔をする。

「あれあれえ？　女神を殺したのに、何にも起こらねえぞお。『天動地蛇《てんどうちじゃ》の円環《えんかん》』――動いてねえのかあ？」

意味不明な言葉を並べつつ、ボルベゾはちらりと輝久を見て、口を大きく歪めた。

「ああ、そうかそうかあ！　勇者も一緒に殺さねえとダメなのかあ！」

不穏な台詞の後、輝久に無数の怪物の視線が突き刺さる。気付けば、王の間にいた輝久以外の全ての人間が、完全なボルベゾに変化している。それら全てが輝久の方を向いていた。

輝久は動かない自分の太ももを力強く、数度叩く。どうにか自分を叩き付け、もつれる足で王の間の扉に向かった。

だが、逃げようとする輝久の前に、ティアの返り血を浴びたボルベゾが立っていた。先程、ティアの頭部を噛み砕いたボルベゾだ。奴と自分の間には随分な距離があった筈……！

「おめえ、オデが太ってるから動きが遅いと思ってただろお？　舐めてんじゃねえぞお」

輝久の心は、更なる絶望で塗り潰された。感染経路不明の侵食能力。ティアを捻り潰す膂力《りょりょく》。更に、体格からは想像できない敏捷さ。

「ば、化け物……！」

掠れる声で言った瞬間、輝久はボルベゾに押し倒される。輝久の周囲に、十数体のボルベゾ達が群がった。

「オデに食わせろおおおお！」

「オデも！　オデも！」

「く、来るな!!」

輝久は恐怖で叫んだ。だが、輝久の声は群がるボルベゾ達に掻き消される。

「オデは胴体！」

「オデは心臓だあ！」

「バカか、おめえら！　楽しみは最後だろがあ！　ゆっくり端っこから食うんだよおお！」

「そうかあ！　なら、オデは右手の指から！」

「オデは左足の指を頂くぞお！」

輝久は両手両足を押さえ付けられ、身動きを取れなくされていた。一体のボルベゾが輝久の右腕を握って、自分の口へと運んでゆく。

「や、やめろ……！」

別のボルベゾは輝久の靴を脱がし、足の指に齧《かじ》り付こうとしていた。

「やめ……やめ……て……！」

輝久の情けない声は、ボルベゾが指を食いちぎった瞬間、野太い絶叫に変わったが、その声を聞くことができた人間は、プルト城にはもはや存在しなかった。

第四章　勘違い

「はぁっ、はぁっ！　はぁっ！」

目覚めた時、過呼吸になりそうな程に輝久の呼気は荒かった。ベッドの上で、怪物に食いちぎられた全身が無事であることを確認する。優しげな朝日がカーテンの隙間から差し込み、小鳥のさえずりが聞こえていた。

女兵士セレナに案内されたプルト城内の寝室で一夜明かしたことを思い出して、輝久は額の汗を拭う。

(また、夢か)

どことなくガガ戦の後に見た悪夢と似ている気がした。違うのは、今回は戦う前に夢を見たこと。そして、敵は不死公ガガではなく――。

「侵食の……ボルベゾ……！」

無限に増殖していく恐ろしい怪物を思い出しながら、輝久は震える声で呟く。

突然、

「どうしたのデス？」

呑気な声が聞こえた。隣のベッドで起きたマキが枕を小脇に抱えながら、瞼《まぶた》を擦っている。

「悪い。起こしちまったか」

ひょっとして喘いだり、叫んだりしていたのだろうか。恥ずかしくなって頬を赤く染める輝久の前で、マキは言う。

「オシッコを漏らシたのデスね？」

「漏らしてねえわ。オイル漏れするお前と一緒にすんな」

軽くツッコんだつもりだったのに、マキは真顔で自分のベッドのシーツを捲《めく》る。そこには大きな黒いオイルの染みができていた。マキが小さな親指を立てる。

「正解デス」

「正解デスじゃねえ!!　ホントに漏らしてたの!?　どうすんだ、このシーツ!!」

ペシンと頭を叩いてやろうとして思い留まる。泣かせたら、黒い染みが増えるだけである。

「どうしテ、テルはうなされていタのデスか？」

マキが不思議そうな顔をしていた。「それは」と言いかけて輝久は口ごもる。夢の話をマキにしたところで、どうなるというのだ。そう。アレはただの夢だ。

「……何でもない」

頭にこびりつく悪夢の残滓を振り落とすべく、グシャグシャと髪を掻き乱した。

マキのシーツの件は、城内にいたおばさんメイドに平謝りしておいた。おばさんはマキを見て微笑むと「気にしないで良いのよ。まだ幼いものねえ」と笑っていた。

いや、一応女神なんだけどね、この子！

その後は、だだっ広い食堂に案内される。輝久とマキの二人だけが、長いテーブルの端にある椅子に腰掛けた。テーブルは、あっという間にメイド達が運んでくる豪華な料理で埋め尽くされる。

マキがパンを手に取って囓る。

「おいしいデス」

「零れてんぞ」

食が進まない輝久に、給仕していた若いメイドが心配そうに声を掛けてきた。

「すいません、勇者様。味付けが良くなかったでしょうか？」

「いや、そんなことは。ちょっと食欲がなくて」

苦笑いする輝久の隣で、マキはフォークを手にパクパクと食べ進めていた。

(この子なんなん、もう!!　何で、そのビジュアルで食べられるんだよ!?　考え事してんのに、考え事増やすな!!)

ロボみたいな外見なのに飲食できるマキのことはさておき、実際のところ、輝久が食欲がないのは、今朝見た悪夢がどうしても頭を離れないからだった。

輝久はマキから目を逸らすと、それとなく給仕のメイドに聞いてみる。

「あのさ。ネイムって、茶髪だったりする？」

「はい。肩まである、茶色のくせっ毛です。とっても愛くるしいんですよ」

輝久の心臓がドクッと大きく一つ鼓動した。

待て待て！　たかが髪の色だ！　偶然かもしれないじゃないか！

「あと妙に『です』の多い、変な敬語を使ったり……？」

「ええ！　ネィム様は私共にも敬語を使ってくださるんです！　流石は勇者様！　何でも、ご存じなのですね！」

笑顔のメイドに輝久も笑みを返すが、その顔はぎこちなく引き攣っていた。会ったことのないネィムの容姿や口調を輝久は知っている。これはもはや偶然と言えるのだろうか。段々と輝久の鼓動は速くなってきた。

その時、突然、窓の外が光った。メイドも気付いたようで、近くの窓から外を眺める。

「遠くの空が光りましたね。雷でしょうか？」

途端、輝久は持っていたフォークを落とす。ガガと戦った時の記憶と、先程見た悪夢が同時にフラッシュバックした。

（そうだ！　ガガも！　ボルベゾも！　空が光った後に現れた！）

輝久の心臓はバクバクと脈打ち始める。

……気になっていたことがあった。輝久自身のことだ。ゲームや異世界ものに似た世界に転生したというのに、自分にはスキルがない。マキに聞いても知らないと言う。なら、これから先、どこかで身に付けるのかもしれないと思っていたのだが――。

（もう既にあったとしたら！）

『予知能力』!!　もしかしてそれが俺のスキルじゃないか!?　だとすれば……アレは、これからリアルに起こるってことか!?

輝久は理由や説明がつかないことが大嫌いである。そして今、自分に起きている状況はまさにそれ。先程見た夢が予知夢だという確証など無い。むしろ、単なる偶然と片付ける方が、理にかなっている気もする。

（けど、もし仮にアレが本当に起こったら……！）

兵士長セレナの死。ネィムの惨殺。プルト城の壊滅。悪夢の内容を思い出して、

「クソッ！」

輝久は椅子から立ち上がる。テーブルの料理をあらかた食べ終わったマキが、きょとんとした顔で輝久を見上げた。

「テル？　どこに行くのデスか？」

（そうだ、俺はどこに行けば良い!?　いや、何をすれば良い!?）

徐々に記憶から薄れてゆく夢の内容を思い返す。事実、金髪女神の名前はもうハッキリと思い出せなかった。それでも殺戮《さつりく》の記憶は未だ脳裏に刻まれている。

半身がボルベゾになった兵士長セレナが王の間に現れる。それが始まりだった。セレナからボルベゾの感染が始まり、城中が地獄絵図に変わってしまった。

「セレナだ！　彼女を守らなきゃ！」

輝久は叫ぶ。そして給仕のメイドにすがるように尋ねた。

「メイドさん!! セレナはどこだ!?」

「セレナ兵士長はまだいらっしゃいません。毎朝、市場《いちば》で買い物をしてから、城に向かうと聞いておりますが……」

「マキ！ 市場に行くぞ！」

口の周りをナプキンで拭いているマキの硬くて小さな腕を、輝久は掴んで駆け出した。

(間に合うか？ いや、間に合わせなきゃ！ ボルベゾがセレナを浸食したら最後！ もう助ける方法はない！)

そんな風に切羽詰まった様子で輝久は城を飛び出して走っていたのだが、後ろでウィーン、ガシャンと機械音を鳴らしながら付いてきていたマキの声が聞こえる。

「テル、待ってくだサイ。股からオイルが漏れましタ」

「この一大事に何やってんだ!! 早く拭け!!」

輝久は逸《はや》る気持ちをどうにか鎮めて、マキがハンカチでオイルを拭き取るのを待った。やっと拭き終わった時、荷車に腐りかけた野菜を大量に載せたゴブリンが通りがかる。

「あっ！ 昨日の勇者！ ケケケ！ 今日も野菜は頂いていくぜ！」

「うん、どうぞ！ それより、どいてくれ！ 急いでんだ！」

「な、何だよ。張り合いねえなあ」

ガッカリした顔のゴブリンの隣を駆け抜けようとして、輝久は振り返って叫ぶ。

「お前、今日は城に近付くなよ！　絶対だぞ！　分かったな！」

「何だ！　勇者だからって偉そうに！」

「うるせえ、バカ！」

無性にイライラして、もう一度ゴブリンに叫ぶ。怒ってギャーギャー叫んでいるゴブリンを無視し、輝久はマキを連れて市場へと駆けた。


「はぁはぁ」という輝久の荒い息づかいは、市場の活気に掻き消される。息せき切って辿り着いた朝の市場は、商人や買い物客で賑わっていた。

（この人混みじゃあ、見つけるのは一苦労だな）

うんざりしかけたが、それでも輝久は気持ちを引き締める。

セレナを捜さなければ惨劇が起きる。とにかく市場の端から順に見回ろうと決めた時、マキが光沢のある人差し指を遠くに向けた。

「アノ方は、セレナサンではないでショウか？」

マキの指の先。遠くで野菜を物色しているポニーテールの女兵士がいた。ちらりと見えた横顔は、間違いなくセレナである。

時間が掛かると思ったのに、呆気なく見つけてしまった。輝久は興奮してマキを見る。

「やるじゃん、マキ！　ひょっとしてセンサーとか付いてんのか？」

「漂ってきタ臭いで分かりましタ。セレナサンの脇の臭いが独特だったかラ、覚えていたのデス」

「そ、そうか、偉いぞ！　だが脇のことはセレナさんには言うな！　絶対、傷つく！」

輝久は特段イヤな臭いは感じなかった。おそらくマキの嗅覚は人間より、ずっと鋭いのだろう。

そういうことにしておこう。

「セレナさん！」

声を掛けると、女兵士は呑気な顔で微笑んだ。

「あら。勇者様もお買い物ですか？」

「まだ無事で何よりだ！　城に戻ろう！」

「は、はい？　買い物の後、町の見回りがあるのですが……」

「そんなの行かなくて良いから！」

するとセレナは少し険しい顔になって言う。

「十年以上、かかさず続けている日課なのですよ」

「アルヴァーナは平和なんだろ？　十年間で何かあったのか？」

「それはもう。迷子の猫を見つけては飼い主に届けたり、野菜を盗むゴブリンを注意したりと様々な――」

「くだらねえ！　よし、帰ろう！」

そんなのとは比べものにならない大惨事が起きるかもしれないのだ。輝久は強引にセレナの手を取った。セレナは少し頬を染めた後、「し、仕方ないですねえ」と満更でもない様子で呟いた。

早足でしばらく歩いて市場を出る。とりあえずセレナを確保できたことに安堵して、このまま城に向かおうとした輝久だったが……。

（いや、待てよ）

もし輝久が止めなかったとすれば、セレナは見回りに行っていた。つまり、その最中にボルベゾに遭遇したと考えるのが自然だろう。

輝久は立ち止まって、マキに地図を出してもらう。そして、セレナと一緒に地図を覗き込み、普段の見回りルートを尋ねた。

「……なるほど。つまりこのルートのどこかで、あの怪物が出現するってことだな」

「怪物？　ゴブリンですか？」

セレナが、世間話でもするような呑気な表情で聞いてきた。

「違う！　ゴブリンなんか比べものにならないくらい危ない奴なんだ！」

「そ、そうですか、すいません！」

のほほんとした雰囲気を壊したくて輝久が叫ぶと、セレナは慌てて頭を下げた。

「で、でも、どうして勇者様はそんな怪物が現れると分かるのです？」

輝久は言いあぐねる。夢で見た、などと言っても変な顔をされるだけだろう。

「ええっと……ゆ、勇者の力……的な感じのやつで……」

結局、輝久が常日頃から嫌っている適当で意味不明な説明になってしまったが、

「なるほど。勇者様の第六感ですか」

セレナは意外にも納得してくれた。魔法などが当たり前に存在する世界では、スピリチュアルな

ことに抵抗はないのかもしれない。輝久は話を続ける。

「セレナさんって兵士長だろ？　他の兵士に伝えて欲しいんだ」

市場を含めた見回りルート周辺に町の人を近付かせないようにして欲しいと、輝久はセレナに頼んだ。セレナは近くにいる兵士を見つけると、輝久の言ったことをそのまま伝える。兵士は敬礼して走っていった。

「あ！　それから町の警備も普段より厳重に！」

念を押すように輝久は兵士に叫んだ。

(よし。とりあえずOKかな)

これで、セレナから始まる最悪の事態は防げたと思う。無論、自分の見た夢が予知夢であることが前提だが。

プルト城に辿り着いた後も、輝久はセレナに城付近の警備を強化するように言った。あの恐ろしい怪物を、難度F世界の兵士達が完全にシャットアウトできるとは思えないが、それでもできる限りの手を尽くし、奴を城に近付けないようにするのが得策だろう。

「セレナさん。弓兵隊とか、遠隔で魔法を使える人なんかいる？」

「もちろん、おります」

「いるんだ!?　助かる!!　早速、配置して——」

「弓兵隊も魔術部隊も、常にスキルを磨いております！　実際には戦闘経験など全くありませんし、楽しく勤務することを念頭に置いて、お菓子を食べながら訓練しています！」

「お菓子食べながら訓練してんの⁉　全然、使えなさそう‼」

「マキもお菓子食べたいデス」

「そんな暇ねえっ‼」

難度F世界のほのぼのさが憎らしくなって、輝久はギリギリと歯ぎしりする。それでもいないよりはマシだろうと、ボルベゾの襲来に備えて、輝久はできうる限りの兵力を城外及び城内に集結させるようにセレナに告げた。

「それにしても、勇者様は慎重な方なのですねえ。見てもない敵の襲来に備えるとは」

「マキもそウ思いマス。テルの用心深さハ異常デス」

「誰が異常だ！　ネィムやアドルフ王を守る為なんだってば！　頼む、急いでくれ！」

「アドルフ王とネィム様を……！　わ、分かりました！」

輝久の真剣な態度を見て、セレナもまた引き締まった顔になって了承した。

（やれるだけのことはしておかないと！　あんな悲劇が実際に起こったらイヤだし！）

ふと、輝久は我に返る。そして、会ったばかりのセレナや城にいる者達、そしてネィムを心の底から守りたいと思っている自分に驚いてしまう。

（あれ？　俺、こんな熱い奴だったっけ？）

そんな疑問を抱き、自問していると、男の兵士がやってきて輝久に一礼する。

「勇者様。アドルフ王がお呼びです」

アドルフ王とも後で打ち合わせをしておきたいと輝久は考えていた。ちょうど良いタイミングだと思いながら、輝久はマキとセレナと一緒に王の間に向かう。

「勇者殿。よくぞ戻られた」

数人の衛兵に囲まれ、アドルフ王は笑顔でそう言った。

（アドルフ王やネィムの警備も、もっと強めておかなきゃな）

王の話の後で、輝久はそのことを進言しようと思っていた。アドルフ王が話を続ける。

「今し方、連絡が入ってのう。修業を終えたネィムが、もうすぐ城に帰ってくるそうなのじゃ！」

護衛の兵士達や、セレナの顔がパッと明るくなる。そして――。

「……は？」

皆とは逆に輝久は青ざめていた。氷柱《つらら》を背中に突っ込まれたような衝撃が走る。

「ね、ネィムは!!　ネィムは城にいないのか!?」

「ネィムは聖なる祠で修業をしておると昨日、言ったではないか」

少し困った顔をしたアドルフ王にセレナが笑いかける。

「どちらにせよ、もうすぐ戻られる訳ですし！　きっと、より多くの治癒魔法を使えるようになっていますよ！」

「うむ！　勇者殿の強力な仲間になるじゃろう！」

王とセレナが楽しげに笑う。だが、輝久の顔色は依然、真っ青だった。

「夢と……違う……！」

輝久は呆然として小声で呟く。重大な勘違いをしていた。輝久の頭の中で、夢と現実がごた混ぜになっていたのだ。ネィムが既に城にいたのは夢の中の話。今、この現実ではネィムは城におらず、聖なる祠で修業をしている。

（そうだよ！　だから城に泊めてもらったんだろ！　ネィムの修業が終わるのを待つ為に！　なのに……バカか、俺は！）

自分にイラつく輝久。その時だった。

「はて？　何じゃ？」

王が不思議そうに扉を眺める。

王の間の外が、騒然としていた。叫び声の入り交じった声が、扉越しに聞こえてくる。

王もセレナも扉の方に目を向けていた。輝久の心の中でイヤな予感が渦を巻き始める。

ギギギ、と何かが軋《きし》む音が聞こえ、輝久もまた背後を振り返る。ゆっくりと王の間の扉が開かれ――目に飛び込んできた衝撃的な光景に輝久は言葉を失う。

（そんな！　嘘だ！）

「あ、ぐが……！」

苦しそうなネィムがそこに立っていた。そして、彼女の左半身は――。

「ぐひ！　ぐへひははははははは！」

下卑た笑い声が王の間に轟く。ネィムの左半身は泥色の醜い怪物と化していた。輝久が夢で見たセレナと同じように、半身をボルベゾに乗っ取られたネィムを見て、兵士達が騒然とする。

「ね、ネィム様のお体が!!」

「怪物の姿に⁉」

アドルフ王が玉座から立ち上がり、左半身の怪物を震える手で指さして叫ぶ。

「き、貴様！　何者じゃ！」

片方の歪んだ口から、怪物は野太い声を出す。

「ぐへへへへ！　戴天王界が覇王！　侵食のボルベゾ！」

兵士達は剣を抜いたまま、どうして良いか分からない様子で口々に言う。

「戴天王界……覇王……？」

「し、侵食のボルベゾ……？」

「魔王の手下⁉　い、いえ、これは……！」

そう呟き絶句するセレナを、輝久は呼吸を荒くして見詰めていた。

俺がセレナを助けて未来を変えたから、代わりにネィムが乗っ取られたのか⁉　いや、違う‼　元々、ネィムが現れる場所や時間はズレていた‼　違ったんだ‼　最初から、夢とは‼

「俺のスキル……予知じゃないのか……！」

愕然として独りごちる輝久に、ボルベゾの濁った片目がギロリと向けられる。

「ぐひひ！　無能勇者が！　おめえにスキルなんかあるかよおお！　おめえは単なる贄なんだよおおおお！」

「に、贄……？　ガガも確かそんなことを――」

「そうだ、ガガだあ。アイツ、消えたらしいけどよお。アレも一つの世界を滅ぼした覇王だ。おめえみたいな無能勇者に殺される訳ないよなあ？　気まぐれな奴だからトンズラしただけだよなあ、きっとよおおおお！」

（世界を滅ぼした覇王……？）

現在、ボルベゾの登場によって、この世界アルヴァーナは切羽詰まった状況に違いない。とはいえ、世界はまだ滅んでなどいない。ボルベゾが何を言っているのか計りかねる輝久であったが――。

「勇者さ……ま」

右半身のネィムが、片目から涙を零しながら喋った。アドルフ王が拳をきつく握りしめて震えている。

「おお、ネィム……！　何ということじゃ……！」

意味不明なボルベゾの言葉より、王や輝久にとって今、気がかりなのはネィムだった。輝久の脳裏に夢で見たネィムの惨殺シーンが浮かぶ。

ひょっとしたら、こんなことになるのではないかと危惧し、できるだけのことはしたつもりだった。なのに、結果は同じ――いや、むしろ最悪。こうなった以上、ネィムを助けるのは不可能だろう。

（クソっ、クソっ！　また助けられないのかよ！）

輝久が歯をきつく食い縛った、その時。

『ウー、ウー、ウー、ウー、ウー！』

突如、マキから発せられるサイレン音が輝久の耳朶を震わせる。

「邪悪なオーラを感知いたしまシタ！」

「マキ……！」

輝久はメイド服のアンドロイド女神をまじまじと眺める。今朝見た夢と現実とで、違うことは幾つかあった。そして、これもその内の一つ。

（あの悪夢に、マキはいなかった……！）

ガガと対峙《たいじ》した時のように、マキがぐるんと白目を剥き、小さな体から閃光を放つ。

『トランス・フォーム』

エフェクトの入った大人びた女性の声に変化するや、マキの五体がバラバラになって浮遊。変形しつつ、輝久の元に飛来する。

輝久の頭部及び四肢に各パーツが合体した途端、一際眩く発光した。

王達が驚き、ざわめく中で光が収まり……輝久は異世界に似つかわしくないメタリックな外見に変化していた。胸の女神のレリーフが喋る。

『異世界アルヴァーナに巣くう邪悪に会心の神撃を……』

変身した輝久の体は、自らの意志とは無関係に弧を描くように舞う。そして短い演舞の後でピタリと動きを止めると、ネィムと半分同化しているボルベゾを標的に定めるように人差し指を向けた。

胸の女神が発する冷徹な機械音が、王の間に反響する。

『終わりの勇者――ラグナロク・ジ・エンド』

第五章　ずっと渡せなかった花束

オーラのような白煙を体から発散させるジエンドを、半身のボルベゾが睨んでいた。

「勇者と合体しただとお？　聞いてた話と違うなあ。ソレ、何の女神だよおお？　光の女神じゃねえのかあああ？」

（光の女神……？）

どこかで聞いた気がした。だが、夢の記憶は輝久にとって、既に曖昧《あいまい》なものになりかけていた。

胸の彫刻はボルベゾの疑問に答えず、ジエンドの黒いアイシールドを発光させる。

『アニマコンシャスネス・アーカイブアクセス。分析を開始します』

ガガと戦った時のように、輝久の眼前のアイシールド上を、赤き数字の羅列が凄まじい速度で流れていく。

『21……565……1298……3111……5986……8673……14989……27841……39777……53450……66661』

輝久が視認できたのは十個程度であったが、実際にはもっと多くの数字が流れては消えていった。

ガガ戦の時と同様に、輝久はこの数字が何なのか知る由《よし》もない。

意味の分からないことが大嫌いな輝久であったが、それよりも今、気になるのはネィムを浸食しているボルベゾの動向だ。グジュグジュとした腕をボルベゾはこちらに向けていた。

「ま、何でもいいかあ。腹ん中に入っちまえば」

突如、ボルベゾの腕から、泥のような流体がジエンドに射出される。

(そんな技、あんのかよ!)

ボルベゾの攻撃に焦る輝久。だが、ジエンドは素早く右掌からレーザーブレードを出現させる。

そして飛来する泥を華麗に切り裂いた。レーザーブレードに触れた途端、泥塊《でいかい》の一部は浄化されたように消失するが、ジエンドの周囲に巻き散らされた泥は大理石の床を溶かしていた。

(硫酸《りゅうさん》みたいだ。危ねえな)

レーザーブレードを構えたまま、輝久は次の攻撃に備える。

「ネイム!」

不意に、アドルフ王が叫んだ。右半身がネィムのボルベゾは片膝を突いていた。ゴボッとネィムの口から、ボルベゾの手から出たのと同じ泥の塊《かたまり》が吐き出される。

「あはは……わ、私はもう助からないのです……分かるのです……」

片目から涙を零しながら、輝久が変化したジエンドにネィムが言う。

「だから勇者様……お願いしますです。完全な怪物になってしまう前に……その剣で私ごと斬ってくださいです」

夢で聞いたのと似た台詞に輝久は歯噛みする。左半身のボルベゾが、笑い声を王の間に響かせた。

「ぐひゃひへへへ! メスガキへの侵食率は七割を超えたぞおおお!」

ボルベゾの言う通り、残された顔面にまで侵食は広がっていた。哄笑するボルベゾの足元に落ちている花束に輝久は気付く。後で自分にくれるつもりだったのだろう。

(死なせたくない！　こんな純粋な子を！)

輝久は強く願う。だが、近くにいたセレナは唇を噛み締め、涙を浮かべていた。

「こ、こんな……！　これではもう……助けることなど……！」

ネィムとボルベゾとを分かつ皮膚の境界を、複数の血管が跨《また》いでいた。

何もできずに、立ち尽くす護衛の兵士達。その間にも、ネィムの体は急速にボルベゾと化していく。

「メスガキの苦しさが伝わってくるぞおおお！　そうだあ！　おめえは、もうすぐこの世界から消えちまうんだよおおおお！」

悪魔の笑いに負けじと、ネィムは気丈に微笑んだ。

「アルヴァーナには……いっぱいお花があって……魔物達とも楽しく暮らしていたのです。勇者様……ネィムの大好きなこの世界を守っ――」

「楽しいなああああああ！　幼いメスガキの心と体を侵食しちまうのはよおおおおおおおおおおお！」

「畜生！　どうにかなんねえのかよ、ジエンド！」

輝久は唸る。ジエンドは自身が変身した姿であるが、その行動権の殆どは輝久に与えられていない。ジエンドがレーザーブレードを持つ手を僅かに動かす。そして……。

「お、おい!?」

ジエンドが、レーザーブレードを右掌内に収納するようにして消失させた。

ほんの僅かだが、輝久は期待していた。訳の分からない謎パワーで不死公ガガを倒したように、どうにかネィムを救えるのではないか、と。

しかし、やはり無理だった。ネィムを助けるのは不可能だとジエンドは――いや、胸の女神は悟ったのだ。だからこそレーザーブレードを仕舞ったのだろう。

そう思い、絶望する輝久。だがその時、自身の胸元から女神の無機質な声が響く。

『リミッターブレイク・インフィニティ』

「……え？」

輝久の体は熱くなり、眩く発光。衝撃波で周辺の兵士達が呻き、王の間の床に大きな亀裂が入る。ジエンドの背中から、車のエグゾーストのような重い排気音。全身から、白煙が濛々《もうもう》と立ち上る。胸にある女神の彫刻が、抑揚のない機械音を轟かせる。

『受けよ。別領域から来たる偶《ぐう》の神力を』

言うや否や、ドッと音を立て、半ば飛ぶようにジエンドはボルベゾに突進する。輝久の意志とは無関係に後方に引いた腕が白く発光している。

『無限増殖体解離の貫光穿弾《むげんぞうしょくたいかいりのかんこうせんだん》……』

女神の言葉。そして、その刹那、輝久の胸の奥から熱いものが込み上げてくる。

（また、この感じ！）

熱き衝動は胸から喉を通過し、声へと変化して――輝久は叫ぶ。

「マキシマムライト・トランス・ペネトレーション！」

今まで聞いたことも言ったこともない技の名前を何故か大声で叫びつつ、大きく引いた腕をボルベゾの半身に叩き付ける。そして、太陽のように眩く光り輝く両拳で、ジエンドはボルベゾを連打し続けた。

凄まじい拳の嵐。なのに――無音。

ジエンドの攻撃は、輝久の瞬き一つ程度の出来事だった。

ボルベゾもまた、呻き声や驚愕の言葉を発する暇もない。ただ、殴打された体は眩い光に包まれる。

次の瞬間、激しい連打を一つにまとめたような轟音と共に、ボルベゾが泥を撒き散らしながら分離して、背後に吹き飛ぶ。

ボルベゾの半身は、王の間の壁に叩き付けられた。その体は泥状と化し、頭部だけが、かろうじて形を留めて壁に張り付いている。そして……。

（あ、あれ!?　えっ!?）

輝久の腕の中には、呆然とした顔付きのネィムがいた。一寸《いっすん》前まで半身を侵食されていたとは考えられない程に無傷のネィムを、ジエンドはお姫様抱っこしていた。

ジエンドはネィムの小さな体を、王の間の赤絨毯に優しく戻す。

「あ、あ……ありがとうございますです!!」

紅潮した顔で見上げるネィムに対し、ジエンドは右手を王の方に向ける。ネィムはこくりと頷くとアドルフ王に駆け寄り、涙目の父と抱き合った。

様子を見ていた兵士達が、歓声でドッと沸く。

「怪物をネィム様から引き離した！」

「流石は世界を救う勇者様だ！」

だが、この結果に一番驚いていたのは、当の輝久自身だった。

ボルベゾはまるでガン細胞のようにネィムに浸潤《しんじゅん》していた。あんな状態から、どのような技やスキルを使えば、ネィムを無事に分離させられるというのだろう。

興奮しつつ、輝久は胸の女神に尋ねる。

「すげえな、ジエンド!!　どうやったんだ!?」

『……』

無言。輝久はどうしても理由が知りたかった。

「なあ！　なあってば！　さっきの一体、どういう攻撃だったんだよ!?」

『……』

胸の女神は、輝久をガン無視だった。

(この野郎……！)

輝久の興奮が苛立《いらだ》ちに変わろうとした時、

「……おぉぉん？　メスガキを無傷で引き剥がすだとお？」

不気味な声が聞こえて、周囲の弛緩していた空気が凍り付く。壁に張り付いたボルベゾの頭部が、そのまま平然と喋っていた。

「話と違って、なかなか強ぇえぞお。ガガを殺《や》ったってのは本当なのかあああ？」

ボルベゾの頭部もまた完全な泥となって床に落ちる。溜まった泥は隆起して、瞬く間に人型を象り——一体の完全なボルベゾとなって復活した。

「まぁオデの方がガガなんかより、もっとずっと強ぇえけどよおおおお！」

「アイツ、まだ生きてたのかよ！」

輝久の叫びが聞こえたらしく、ボルベゾは濁った目でギョロリと睨み付ける。

「なに調子こいてんだああ？　見てみろよ、おめえの腕をよおおおお！」

怪物は醜い顔を嬉しそうに歪ませていた。不穏な気配を感じつつ、輝久は言われるままに視線を下げる。

（なっ⁉）

そして、戦慄《せんりつ》。ボルベゾを殴り付けたジエンドの拳が、赤茶けた錆《さび》のように変色しており、手の甲に顔のようなものが現れていた。

ジエンドに寄生した人面瘡が口を開けて笑う。

「ぐひゃははは！　もう、既に！　感染してんだよおおおおおおお！」

「マジかよ⁉　ジエンドのボディにも伝染《うつ》るのかよ‼」

鋼鉄のような体が、よもやボルベゾに乗っ取られることはないだろうと輝久は踏んでいた。

だが、金属が腐食するように、ジエンドの腕は拳から徐々に侵食されていた。ムカデが腕を這い上がるが如く、錆が進んでくる。

「ぐへへへ！　攻撃と防御が一体！　オデは無敵だあああああ！」

（ヤ、ヤバい！　どうする？　……そうだ！　ネィムを引き剥がしたあの技で——）

輝久がどうにか解決策を考えている最中、ボルベゾの下卑た嘲笑が木霊する。

「全部全部全部ううう!!　オデになっちまええええええええええええ!!」

禍々《まがまが》しいオーラがぶわっとボルベゾから発散された。数秒後「ひいっ!?」と兵士達が声を上げる。

輝久の右腕のように、兵士達の体の各所にボルベゾの顔が現れていた。

「そ、外を！　外を見てくださいです！」

アドルフ王の傍にいたネィムが叫んだ。輝久は窓の外をちらりと窺って、吃驚する。

「あ、あの一瞬で、こんなに広がって!?」

城下もまた地獄絵図と化していた。道行く人全てにボルベゾの人面瘡が浮かんでおり、彼らは恐怖に怯えて泣き叫んでいる。

（空気感染!?　分からねえ!!　こんなの、一体どうすりゃ良いんだよ!!）

周囲の状況も、自らの置かれている状況も最悪。右腕から広がっていく浸食に焦る輝久だったが、冷静な声がジエンドの胸から響く。

『完全侵食までの残存時間六十二秒以内に、攻撃対象を破壊します』

「破壊!?　ボルベゾを!?　どうやって!?」

頼もしい言葉とは裏腹に王の間も、城の外もパニックが続いている。窓際で、くずおれるアドルフ王とネィム。見れば、二人もまた皮膚にボルベゾの顔が現れていた。

（クソっ‼　せっかく助けたネィムにも‼）

数十、いや百を超える人間が現況、ボルベゾに侵食されていた。

「侵食、侵食、侵食うううううう！　こうやってオデは前世界の覇王になったんだあああ！　この世界もブッ潰してやるうううう！」

ボルベゾは遂に全力を出したのだろう、と輝久は推測する。侵食の範囲とスピードが、ネィムに感染していた時とは段違いに速いからだ。

自分を含む皆の半身がボルベゾになりつつある状況で、輝久は居ても立ってもいられず叫ぶ。

「ジエンド！　さっき、ネィムを分離させた技だ！　とにかく少しでも被害を食い止めるんだ！」

「やってみろよおおお！　オデは一体でも残ってりゃあ完全復活できるんだぞおおお！」

近くの兵士を半分侵食しているボルベゾが、その言葉の後を続ける。

「これは分身じゃねえ！　分裂なんだぞお！　つまり一体一体が——」

（全部ボルベゾってことかよ‼）

輝久は震撼《しんかん》しつつ、周囲を見渡す。王の間だけでも十数人。城下にも感染が広がっているとすれば、被害者は数百人を超えているだろう。

（ムチャクチャだ！　そんなに多くのボルベゾを、一体残らず殺せる訳がない！）

まるでウイルス。急激に感染が拡大し、城や町が侵食されていく。しかも、最悪なことに……。

輝久は自身の体を見る。ジエンドの半身は、経年劣化した金属のように赤黒く朽ちていた。更に、ジエンドの顔は既に半分がボルベゾと化している。

先程の技を出す為の腕もまた錆びて朽ちていく。ジエンドの小指の根元が欠けて、赤絨毯の上にポトリと落ちた。

「ジエンドの――ってか、俺の手が⁉」

痛みは感じない。だが、見る見るうちに浸食されていく。そのことがより一層、輝久の恐怖心を高めた。

「このバカがあああああ！　周りよりてめえの心配しろよおおおお！　おめえが消えてオデになるまで、あと十秒もねえぞおおおおおお！」

（な、何なんだよ、コイツ！　強すぎる！）

「ぐひゃははははは！　オデに勝てる奴なんか、どこにも存在しねえええええええ！」

遠くでは、半身を侵食されたネィムが祈るような目で、ジエンドに変身した輝久を見詰めていた。

「勇者……様……！」

輝久は叫ぶように胸の女神に語りかける。

「何とかなんねえのかよ！　このままじゃ全滅しちまう！　ガガの時みたいにパワーを充填して――」

い、いや！　そんな時間はもうない！

自問自答して狼狽する輝久とは対照的に、落ち着き払った声が胸より聞こえる。

『攻撃は既に完了しています』

「……え？」

呆然とする輝久。そして——ゆっくりと、ジエンドは、ボルベゾの侵食によって使い物にならなくなった右腕を天にかざした。胸の女神が言葉を発する。

『連鎖する炎天雷《えんてんらい》の超恒常性爆撃……』

またしても輝久の口が勝手に動き、女神の言葉の後を続ける。

「マキシマムライト・チェインデストラクション！」

半ば無意識に輝久は叫んだ。だが、ジエンドは朽ちかけた右腕を天井に向けたまま、沈黙している。

（あ、あれ？　何も起きないけど？）

輝久がそう思った時。ジエンドは天に伸ばした腕を静かに下ろし、浸食された人差し指を、ボルベゾになりかけている自身のこめかみにズブリと突き刺した。

女神のレリーフが呟く。

『——【イグニッション《点火》】』

パン、と短銃の発射音のような乾いた音と「ひっ？」と輝久の驚いた声が同時に響いた。続けてジエンドの半身が、爆竹が爆ぜるような音を立てながら、幾度もの小爆破を起こす。

「……なんだあ？」

そう言ったのはジエンドを侵食していたボルベゾの人面瘡だ。小爆発が起こった部分が、泥となって赤絨毯の上に落ちていく。

パチパチと小さな音を立てる爆破を意に介さないように、ボルベゾがふんと鼻を鳴らす。ボルベゾの侵食能力で、泥の取れた箇所に新たな泥が覆い被さる。しかし、今度は覆い被さった泥ごと爆破され、ボタボタと床に落下した。

余裕ぶっていたボルベゾの顔色が変わる。

「オ、オデの侵食速度より、爆破速度の方が速い……？」

爆破の連続音はその速さを増していく。やがて侵食されていた半身のあちこちで小爆発が起き……そのせいでジエンドの体は眩く輝いた。

あまりの眩しさに輝久は目を閉じてしまう。そして、瞼を再び開いた時——ジエンドの半身を覆っていた泥のようなボルベゾの細胞は全てこそげ落ちていた。

「こ、こんなあああああ!?」

輝久の足元で泥状になったボルベゾは、顔面だけ、かろうじて形を残していたが、その泥の中でも小爆破が起こる。

「ぐぎゃがああああああああ!!」

爆破がボルベゾの顔を三つに分裂させる。断末魔の悲鳴を上げて、ジエンドを侵食していたボルベゾは、物を言わぬ単なる泥の塊となった。

「や、やった！　ボルベゾを分離させたぞ！」

輝久が歓喜の声を上げる。更に、輝久は新たな僥倖《ぎょうこう》に気付く。

朽ちかけていた自身の右手が完全に元に戻っていた。失った筈の指も復活しており、ジエンドの体は変身時と同じ、曇り一つ無い鏡面の美しいボディである。

完全復活したジエンド。だが、周囲の兵士に感染しているボルベゾ達は、余裕の表情を崩さなかった。

「おめえ一人が助かったところで意味なんかねえんだよおおおお！」

一体のボルベゾがそう言った後、十数体のボルベゾが続けて笑う。だがその後、パンと例の拳銃のような乾いた音が、どこからか聞こえた。

見れば、先程喋ったボルベゾの片方の頭部が爆ぜている。そして、その周囲にいるボルベゾ達の侵食部分で、同じような小爆破が同時に起こっていた。

「な、何だあ!?　オデは……いや、オデ達は奴に触れられてねえぞおおおお!?」

ネィムやアドルフ王の侵食された半身でも、輝久に起こった小爆破と同じ現象が起きていた。窓の外からもボルベゾ達の野太い絶叫が聞こえる。

ボルベゾが泥のようになって分離した後、ネィムが慌てて窓際へと走る。そして笑顔でアドルフ王の方を振り向いた。

「皆、体からボルベゾが分かれていますです！」

王と兵士達が、一際大きな歓声を上げる。逆に血相を変えたのは、残っているボルベゾ達だ。

「お、オデの侵食部分だけを狙い撃ち、全部、同時に爆破するだとおおおお!?」

「じゅ、術者を!!　アイツを殺すんだああああ!!」

「早く!!　早く殺せええええええええええええええええ!!」

まだ爆破が起こっていないボルベゾ達が円陣を組み、ジエンドを取り囲む。

輝久は緊張するが、一体のボルベゾがジエンドに飛び掛かろうとした刹那、乾いた音が響く。

小爆破でボルベゾが脇腹を抉られて、体勢を崩す。更に隣のボルベゾにも、またその隣のボルベゾにも小爆破が発生する。円陣を組んだボルベゾに時計回りに起こる爆裂の連鎖。

「「「ぐぎゃああああああああああああ!!」」」

ボルベゾ達は絶叫し、泥と化しては床に落ちた。後に残るのは、半身が元に戻った兵士達だ。今や、あれだけいたボルベゾは、輝久の目前の一体だけになっていた。

「ぐ、ぐひ……!」

自分は爆破から免れたと、安堵した表情を見せる。ボルベゾは逃げようとして、窓際に走ろうとしたが、その瞬間――『パン』。小さく、しかし壊滅的な音。ボルベゾの腕が弾け飛んでいる。

「嫌だああああああああああああ!!」

腕から広がった小爆破に断末魔の悲鳴を発しながら、残ったボルベゾも爆死した。

付着していた侵食部が泥となってこそげ落ち、ボルベゾと分かたれた兵士は、自分が助かったことに気付くと泣きながら歓喜の雄叫《おたけ》びを上げた。

輝久は生唾を呑みながら、周囲を見渡す。

ほんの数分前まで絶体絶命のピンチだった。なのに、ジエンドの謎パワーで全てのボルベゾは連鎖的に消滅してしまった。

「ったく、どういう原理だよ！　後で教えろよ、ジエンド！」

胸の女神の彫刻に対して、そう言ったが、流石に今回は嬉しさの方が勝った。歓喜の兵士達が、こぞって輝久の周りに集まろうとした、その時。

「まだだ……まだだあああああああああ！」

不気味な声が響き渡る。兵士達を浸食していたボルベゾの泥が意思を持って、王の間の中央に集まっていた。泥の海に乱杭歯《らんぐいば》を持つ大きな口が出現し、叫んでいる。

「オデの真の力を見せてやるううううううううう!!」

言うや否や、泥はせり上がり、王の間の天井に頭が付く程に巨大な怪物の姿を象った。

（コ、コイツは……！）

尖った耳を持つ、巨大すぎる怪物は映画で見るトロルのようであった。巨大なトロルは、ジエンドに変化している輝久を高みから見下ろしていた。

「侵食能力を物理攻撃力に全振り！　体力も全回復で更にパワーアップ！　ぐへへへへ！　最終形態で仕切り直しだあああああ！」

「最終形態!?　やっぱコイツもラスボス級かよ!!」

「この城ごと粉砕してやるうううううう！」

巨大化したボルベゾから醸《かも》し出される凄まじい負のオーラ。圧倒的な威圧感がビリビリと輝久の体を震わせる。

（何なんだよ、ガガといい、コイツといい！　野菜を盗むだけのモンスターとの落差が激しすぎるだろ！）

それでも輝久は確信していた。

ジエンドは——いや、ジエンドに変身した自分は強い！　死なないと豪語していたガガを倒し、無限に増えるボルベゾにも対処できたのだから！

輝久はちらりとネィムを見た。自分を見て、祈るように手を合わせている。アドルフ王や兵士達もまた熱い視線を輝久に向けていた。

(皆、俺を信じて……！)

輝久の心の中で、熱い気持ちが湧き上がってくる。

先程ボルベゾは、あの恐ろしい侵食能力を全て物理攻撃力に振ったと言っていた。その強さはおそらく想像を絶するだろう。それでも……。

「やるぞ、ジエンド！　絶対にボルベゾを倒す！」

輝久の言葉に呼応するように兵士達が歓声を上げる。その刹那、輝久の視界が変わった。

「……へ？」

ジエンドは巨大なトロルに背を向けて、ネィムが床に落とした花束を拾っていた。

「オオイ⁉　何やってんの⁉」

ビックリして輝久は叫ぶが、体の行動権はジエンドに委ねられている。ジエンドは、ネィムのいる所まで歩き、そのまま花束を手渡した。

「あ、ありがとうございますです！」

「おいって‼　今、そんなことしてる場合じゃ——」

『繰り返します。攻撃は既に完了しています』

胸の女神の声。同時に『パン』と乾いた音が聞こえて、輝久はボルベゾを振り返る。

巨大なトロルの右足の膝から下が消滅していた。

「……あぁん？」

間の抜けたボルベゾの声。輝久の首の下で、女神の彫刻が言う。

『マキシマムライト・チェインデストラクション――【シーケンス《点火活動継続》】』

女神が言い終わった直後、乾いた爆発音が連続して響いた。ボルベゾの不可解極まりないと言った顔は、全身で発生した爆破が顔面に近付くにつれて、驚愕のものへと変わっていく。

「あ……あ……あ゛あ゛あ゛あ゛あ゛あ゛あ゛あ゛あ゛あ゛あ゛あ゛!?」

巨体のほぼ全ての箇所で起こった爆発で、ボルベゾの体は真っ白な閃光に包まれた。

一方、輝久も、

「えーーーーーーーーーーーーーーーー!?」

ボルベゾに負けない程に吃驚した声を上げていた。

目も眩む光が消えた後、ボルベゾの巨体が立っていた場所には、泥すら残っていない。巨大なトロルは跡形も無く消し飛んでしまった。

「さ、最終形態になったと思った途端、爆発して死んだ……！」

輝久が唖然としていると、ジエンドの体が発光する。

輝久の体から各パーツが分離され、それらは輝久の近くで一つに集まり――メイド服を着た幼児型アンドロイドに戻る。

十秒程度、王の間は静まり返っていた。沈黙を破るようにして、女兵士長セレナが輝久に駆け寄る。

「ゆ、勇者様!!　い、一体どうやって、ボルベゾを倒されたのですか!?」

「……分かんねえ」

輝久は、歯を食い縛りながらボソリと呟く。誰よりもそれを聞きたいのは輝久であった。

最終形態に変化したボルベゾに対峙して、熾烈なバトルが繰り広げられるだろうと思い、ガラにもなく熱い気合いを入れた。その矢先、ボルベゾは不可解な爆死を遂げてしまったのだ。

アドルフ王、兵士達も輝久の周りに駆け付ける。そして次々に疑問をぶつけ始めた。

「体の半分以上がボルベゾに乗っ取られたネィム様を、どのような方法で引き離したのでしょうか!?」

「うむ！　そうじゃ！　あの時、一体何をしたんじゃ、勇者よ!?」

「……分かんねえって言ってんだろ」

「いや、それより!!　最終形態に変化したボルベゾをどうやって倒したのです!?」

「ああ！　触れてもいないのに奴は爆死した！　何故ですか？」

「勇者様!!」「どうしてですか!?」「ご説明を!!」

王やセレナ、周りの兵士達に連呼され、輝久は遂に爆発するように叫ぶ。

「だから!!　それが!!　サッパリ分かんねえんだよォォォォォォ!!」

輝久は半泣きで、顔を両手で覆った。ガガ戦に続き、また理由も説明もなく、適当に勝ってしまった。それは輝久にとって、耐えがたい苦痛であった。

「俺だってイヤなんだよ、説明のない謎パワー!!」

輝久の怒声で、王の間が静まり返る。しかし、やがて幼い声が響く。

「理由なんかなくてもいいのです!!」

輝久はネィムを見る。ネィムは溢れる涙を両手で拭っていた。

「勇者様がいなければ……ネィム達は……皆……殺されて……!」

それ以上、喋れずに泣きじゃくるネィムを見て、アドルフ王はポリポリと頬を掻いた。

「そ、そうじゃな。皆、助かったんじゃ。これ以上、何も聞くことはあるまいて」

そして満面の笑みを浮かべて、輝久の背中をバンと叩いた。

「よくやった！　流石は勇者じゃ！」

兵士達も王の様子を見て、少しぎこちない歓声を上げた。

「あ、ありがとうございます！　勇者様の、何というか、えぇと、その……謎の力のお陰で助かりました！」

「ああ！　勇者様の『謎パワー』は凄い！」

「そうだ！　よく分からないが、とにかく強い！」

（全ッ然、嬉しくない……！）

全く達成感を感じられない輝久に、マキが小さな親指を立てる。

「良かったデスネ」

「良かねえわ!!　適当に勝って、適当に感謝されて!!　やるせない気分だわ!!」

マキに叫んだ後、輝久は嘆息しつつ、窓の外を見た。通行人達はお互いの無事を涙ながらに喜んでいる。

そんな中、プルト城を見上げる白ヒゲの老人に輝久は気付く。

「あっ!?　あの爺さん!!」

輝久と目が合うと、老人は口を開いた。

「素晴らしい……！　まさに、奇跡を超える奇跡……！」

そして、輝久に背を向けて歩き出す。

「マキ！　あの爺さん！　また、いたぞ！」

「何でショウ？」

「ホラ、ホラ！　あそこ！」

マキも窓から外を覗き込む。だが、老人は既に人混みに紛れて消えていた。

輝久はマキを振り返り、叫ぶ。

「だから、あのジジイは誰よ!?　マキ、ホントに知らんの!?」

「存じ上げまセン」

「『素晴らしい』とか『奇跡』とか、一言だけ言って消えるんだけど！　分かんねえこと多すぎだろ！」

「アッ――そのご老人ですガ……」

「ど、どうしたマキ？　もしかして、何か分かったのか？」

「『一言オジイサン』と命名いたしまショウ」

「紛らわしいな、もう！　どうでも良いわ、呼び方なんか！」

マキにツッコんだ瞬間、不意にクラッと目眩《めまい》がした。

（やべ……また倒れる……？）

立ちくらみのような感覚。ガガ戦でジエンドに変身した後、意識を失ったことを輝久は思い出す。

それでも、どうにか踏ん張っているとマキが隣で言う。

「前よりリ楽になりましタでショウ？」

「ん……」

輝久は眉間を押さえながら頷く。

マキが慣れると言っていたように、確かに今回は意識を失わずに済んだようだ。ひょっとしたら次はもっと楽になるのかもしれない。

（ってか、次なんて考えたくないけど）

こんな命がけの恐ろしいバトルに比べれば、農作物を盗むモンスターとのバトルの方が一億倍マシだ。輝久がそんなことを思っていると、花束を持ったネィムが傍に佇んでいた。

「お花、拾ってくれてありがとうです！　でも、これは……」

ネィムは笑顔で輝久に花束を差し出す。

「勇者様に差し上げたかったのです！」

「あ、ああ。ありがとな」

輝久も笑顔を返した、その刹那。ネィムの小さく幼い体が輝久に押し付けられた。

「勇者様……！」

「へ？」

ネィムは輝久に抱きつきながら、泣いていた。キョドってしまう輝久だが、それは周りの兵士達やアドルフ王も同じだった。

アドルフ王が震える指をネィムに向ける。

「ネ、ネィム……!!　そ、それはまさか……恋……!?」

アドルフ王はそう呟くと、自らも目尻に涙を溜めて振り絞るように言う。

「世界を救う勇者ならば、結婚相手に相応しかろう！　勇者をネィムの婿として迎える！」

「はぁっ!?」と輝久が叫ぶ。ネィムはハッと気付いたように輝久から体を離して、アドルフ王に向き合った。

「ち、違うのです！　そういうのではないのです！　ただ……」

ちらりと輝久を窺いながら、ネィムは頬を染める。

「うまく言えませんですが……昔、ずっと一緒に暮らしていたお兄ちゃんが帰ってきたような……そんな懐かしい気がしたのです」

そう言いながら、ネィムは未だにグシュグシュと泣いていた。

（お、お兄ちゃん？　まぁ……子供の言うことだからな）

ボルベゾに侵食されて怖かったのだろう。深く考えることでもあるまいと、輝久はネィムに、マキのオイルを拭く為に持っていたハンカチを差し出す。

「もう心配ないから。これで涙を」

「はい！　でも勇者様も涙を拭いてくださいです！」

「……は？」

輝久は呆気に取られて呟く。そして、自らの頬を伝う熱いものに気付いた。

輝久もまた、ネィムと同じようにボロボロと涙を零していた。

「お、俺、何で⁉」

恥ずかしくなって、輝久はネィムに貸そうとしていたハンカチで慌てて目元を擦る。マキがそんな輝久をジッと見詰めていた。

「テルは泣き虫デスネ」

「ち、違う！」

顔を真っ赤にしてマキに言いながら――輝久は思い出す。

（そういや召喚の間で、初めてマキに会った時も……）

胸が締め付けられるような思いが込み上げ、輝久は無意識のうちに泣いていた。

自分はそんなに涙もろい方では無かった筈。どうして泣いたのか、理由が分からず戸惑っていると、アドルフ王が安堵の声を出す。

「うむ！　とにもかくにも、恋心でないなら安心じゃ！」

女兵士セレナがアドルフ王にジト目を向けた。

「王様は気が早すぎなんですよ」

二人の様子を見て、ネィムがようやく心からの笑顔を見せる。アドルフ王、セレナを含む兵士達も皆、無事を祝って微笑んでいた。

ネィムに貰った美しい花束に目線を落として……輝久の胸はまたも締め付けられる。

この穏やかな光景を待ち望んでいたような。それも、ずっとずっと長い間、心待ちにしていたような——そんな妙な感覚に襲われて、輝久は頭を横にブンブンと振った。

（ダメだ、ダメだ！　また泣いちまう！）

異世界アルヴァーナに来て以来、おかしなことが連続して起こっている。

（けど、俺の精神状態が一番、訳分かんねえかも）

考えても思い当たらぬ涙の理由に、輝久は肩を大きく落とす。

そして、やはり異世界などに来たせいで情緒が乱れているのだろうと無理やり結論づけた。

第?章　暴虐のサムルトーザ

覇王サムルトーザが求めたのは、強さではなかった。

深い沼の底から突然湧き上がった泡沫《うたかた》のように、いつしか彼は異世界クルプトに存在していた。

生まれつき備わっていた本能にも似た嗜虐心《しぎゃくしん》の赴くまま、彼はクルプトにいる人間を、切り裂き、刻み、殺し尽くした。結果、クルプトの世界人口の実に半分は、サムルトーザによって滅ぼされた。

腰に二本、背中には四本の剣を背負い、鎧ではなく着物のような軽装である。古代中国の宰相《さいしょう》に似た出で立ちであったが、それはサムルトーザが実戦で、より素早く動けるように求めた結果だ。

顔立ちこそ若いが、その相は邪悪そのものを具現化したかのように、口は頬まで裂け、目はつり上がり、額には爬虫類《はちゅうるい》の如き第三の目がある。

「魔王サムルトーザ！　これ以上の非道は許さん！」

魔王。超越者。邪悪。様々な呼ばれ方をした。

実際のところ、自分がどういった種族に属するのか明確に認識できてはいなかったが、彼にとっては瑣末《さまつ》なことだった。

とにもかくにも、人間はサムルトーザをそのように呼び、怒りを募らせては、自らの元を訪れる。こちらから赴く手間が省けて、結構なことだと思っていた。

「クルプト十二聖騎士が最後の一人！　グウェイ＝セリウス参る！」

相打ちの覚悟か、剣を上段に構えて突進してくる人間の騎士に対し、サムルトーザはぬらりと腰の剣を抜く。第三の目で、数十もの斬撃の軌道を事前に予見し、騎士の攻撃を紙一重で躱す。それと同時に、一閃。剣を持ったままの敵の腕を切り飛ばし、あっという間に勝負は付いた。

それでもサムルトーザは剣を鞘に仕舞わない。倒れた騎士に近付くと、無防備な足に剣を振り下ろす。

絶叫する騎士。サムルトーザは更にもう一本の足も、ゆっくりと切り落としていく。

「た、助けてくれ……！　お願いだ……！」

一刻前までの勢いが嘘のよう。騎士は幼子のように泣いて、命乞《いのちご》いをしていた。

「ひは……！　ひはははははは！」

覇王サムルトーザが求めたのは、強さではなかった。己の欲望のままに、無抵抗な人間の体をバラしていく。泣き叫ぶ声を少しでも長く聞く為に、じわり、じわり。

サムルトーザの本質は残虐。強さはただ彼に付随しただけ。それでも、彼の強さは、異世界クルプトを崩壊させる程に圧倒的であった。

強さを求めることには興味がない。だが、弱き者の哀れな姿を見る時の快感は全てに勝った。

今日もサムルトーザは人間の血煙《ちけむり》と阿鼻叫喚の中を嗤いながら進む。ただ、己の嗜虐心を満たす為に――。

◇　◇　◇

それは端の見えない漆黒の長卓だった。周囲は薄暗く、先の方は全く窺い知れない。卓の端に近付く程に闇は深くなっている。

かろうじて見える周囲に、異形の者達が卓の色と同じ漆黒の椅子に腰掛けていた。

「……あぁ？」

サムルトーザは間の抜けた声を発してしまう。自分は今、クルプトにある人類最後の砦と呼ばれる大陸へ向かっていた筈。なのに、これは一体どうしたことか。

「チッ」と、サムルトーザは舌打ちする。

幻術か？　しかし、いつ掛けられた？　魔法だろうが幻術だろうが、攻撃が発動する前は『気』が動く。それを自分に全く感知させないとは。

周りには凄まじいオーラが満ちている。だが、サムルトーザに恐怖はない。それどころか、久方ぶりに心地よい緊張を感じていた。

（いる。暗黒の力を持った者達が。しかも複数）

軽く腰を上げて、背中の鞘に手を伸ばした時。

「覇王サムルトーザ。そう構えないでいただきたい」

長卓の奥から、氷のような女の声がした。サムルトーザはその方向を窺うが、女の姿は闇に閉ざされて輪郭《りんかく》すら見えない。

「仲間——というのは語弊がありますが、それでも我々はアナタと似た存在なのですから」

サムルトーザは暗闇に目を凝らす。自分をこの妙な空間に招き寄せた手際は、人間や、単なる魔物ふぜいにできる範疇《はんちゅう》を超えている。

似た存在ねえ……。

「邪神か？」

サムルトーザの頭に浮かんだのは、闇の力を持つ者達の頂《いただき》に立つ存在。ぼそりと呟くように尋ねると、女は少し楽しげに笑った。

「違います。少なくとも今はまだ」

「邪神じゃねえなら、てめえは何だ？」

「時の覇王クロノザと申します。此処は戴天王界。数多《あまた》に存在する世界を支配した覇王達が集いし時空です」

「世界を支配した覇王達……？」

女の言葉を繰り返しながら、サムルトーザは周囲に最大限の気を巡らせる。かろうじて姿が窺えたのは数名。サムルトーザの近くの席で、泥の塊のような怪物と、皮膚から骨の見える不気味な女が「ほほほ」と笑っていた。

「世界を我が物にし、生物界の頂点に君臨し——それでも、なお皆様、飢えておられます。『更なる暴力への渇望』……『満ちぬ支配欲』……『永遠の命への執着』……だからこそ、サムルトーザ。アナタも此処に導かれたのです」

サムルトーザは背中の鞘から剣を抜いた。相手が何でも関係はない。上から見下ろすような女の態度が気に食わなかった。

しかし、その刹那。サムルトーザの背後。耳元で囁く声がした。

「もう一度、言います。我々はアナタと似た存在。敵ではありません」

生まれて初めて背後を取られた。『時の覇王』。その二つ名の通り、時間を操るようだ。そんな魔法や術を使う者はクルプトには存在しなかった。

（こんな奴でも邪神には至らないのか）

更にサムルトーザをもってして、驚愕の事実。長卓の更に奥。闇に包まれて見えないが、クロノザとはまた別の威圧感を放つ存在がいる。

サムルトーザは剣を鞘に収める。

依然、恐怖はない。ただ、違う世界にはこんな奴らが存在するのかという純粋な好奇心。それがサムルトーザを黙って席に座らせた。

「話を続けましょう。我々の悲願達成の為には、神の決めた秩序を破壊する——つまり、神界を滅ぼさねばなりません。その為には、我々が更に力を付けて、邪神へと神上がりする必要があります」

いつしか時の覇王クロノザの声は遠くに離れていた。女が語り続ける。

「邪神に神上がりする方法は二つ。いや、我々にとってはたった一つしかありません。それは……」

少しの沈黙の後、時の覇王は言う。

「66666体の神々を殺害することです」

「ふざけてんのか？」

サムルトーザは卓に足を乗せて、吐き捨てるように言った。時の覇王はくぐもった声で笑う。

「冥界《めいかい》の王より聞き及んだ確かなる真実です。しかしながら仰る通り、数万体もの神々を殺すというのは、全く現実的ではありません。要は数万回殺したという事実があれば事足りるのです」

その瞬間、時の覇王の冷たい声に、邪悪さが更に加味される。

「一柱《ひとはしら》の神だけを狙い撃ち、その神を66666回殺し続ければ良い」

「……馬鹿げた話だ」

(だが、時間を操るてめえにゃあ、それが可能って訳か)

「これを『可逆神殺の計』と呼びます。女神殺害《ターゲット》の実行者は此処に居られる皆様方。そして、その順番は公平を期す為、『目玉』によって決められます」

不意に、長卓の見えない位置から、血気盛んな覇王達の声が響く。

「早く目玉を転がせ!」

「回せ、回せ!」

……ことり、と奥の方で音がした。やがて、漆黒の長卓の端に彫られた溝を、陶器の目玉が疾走《しっそう》する。

黒の長卓を二周半して——ようやく目玉が止まったのは、サムルトーザの二つ隣の不気味な女の前だった。

「不死公ガガ。頼みましたよ」

時の覇王の声の後、

「ほほほほほほほほほほほ!」

女は、けたたましい笑い声を上げた。ガガが席を立ち、サムルトーザの背後を通る。瞬間、サムルトーザは察知する。

まるで生命を感じない。アンデッド……いや、絡繰人形《からくりにんぎょう》のよう。実体はおそらく別の空間にある。

更に——。

（全身に武具を隠してやがる）

ガガがくるりと向き直り、長卓の覇王達に恭しく頭を垂れる。

「贄たる女神と勇者。すぐに殺して差し上げましょう」

◇　◇　◇

……ことり、と音がした。あの時と同じように、黒の長卓の溝を目玉が転がる。

ガガ、そしてボルベゾの席は、今や空虚な暗闇に支配されていた。

目玉の転がる音を聞きながら、サムルトーザは二体の覇王がいた席を楽しげに見やった。

（世界を支配した覇王だと？　てめえらの世界は、どれだけ弱い世界だったんだ？　てめえらクソと、俺を一緒くたにすんじゃねえ）

そんなことを思いながら、ふと周囲がざわついていることに気付く。

ちらりと前を見ると、サムルトーザの前で、目玉が動きを止めていた。

「暴虐の覇王……！」

「サムルトーザか……！」

周囲の覇王達の息を呑む声が聞こえた。無論、此処にいる誰しも、サムルトーザと一戦交えたことはない。それでも黒の長卓に座る者はすべからく、世界統一の覇王達である。サムルトーザの纏《まと》う覇気が必殺のオーラに満ちていることを感じていた。

時の覇王の声が響く。

「覇王サムルトーザ。アナタならば、可逆神殺の計の終焉《しゅうえん》に相応しい。勇者と女神の首を。そして我らの悲願を」

ふん、と鼻を鳴らして、サムルトーザは立ち上がる。

(永遠の命が得られるってんなら、やる価値はある。まだまだ俺ァ、楽しみてえからなあ)

ガガにボルベゾ。かつて世界を牛耳っていた超越者が連続で返り討ちにあった。『勇者と女神は繰り返しの時を知悉している』――どうやらそのことに疑いはなさそうだ。

追い詰められた鼠の、死に際の抵抗だと、クロノザは言っていたが……とにもかくにも、可逆神殺の計が終わりに近付いているのは間違いない。

(ってことは、今この現状も、既に繰り返しの時空の中に含まれているのか)

だが、時の覇王ですら、それを完全に把握することはできないと言う。ならば、考えるだけ無駄というものだろう。

(ま、俺ァ、楽しめりゃあそれで良い)

神の放つ光とは別種の青白く不気味な光に包まれ――サムルトーザは戴天王界から姿を消した。

第六章　武芸都市ソブラへ

プルト城は、輝久がボルベゾを倒した余韻未だ冷めやらず、兵士や侍女達が仕事を忘れて楽しげに歓談していた。気の良いアドルフ王は無礼講とばかりにそれを許しただけでなく、城内外の者に酒や料理を振る舞う始末だった。

まるでパーティのように騒々しくなった王の間で、ネィムがマキと手を取り合っている。

「マキちゃん、これからよろしくお願いしますですっ！」

「ネィムはトてても良い子デスネ」

ほんの数分会話しただけで、ネィムはマキと友人のように接していた。アンドロイドっぽい風貌のマキだが童顔で背は低く、輝久から見れば二人は同年代に思えた。

（幼女が一人、増えたなあ）

そんなことを考えていると、まさに幼女らしく、ネィムとマキは手を繋いでクルクルと回り出した。何だソレ！　お遊戯《ゆうぎ》か！

少々、冷めた目で二人の様子を眺めていた輝久だったが、仲間内でギクシャクするより仲良くやってくれた方が良い、と思い直す。

しばらくすると、二人は一緒に輝久の方にやってきた。マキは輝久の持っている花束をジッと見詰める。

「マキ、コレ食べてモよろしいデスカ？」

「何でだよ！」

アホなことを聞いてきたので怒鳴ってやる。ショックだったのか、少し目にオイルが滲《にじ》むマキ。

すると、ネィムは「待ってくださいです！」と花束から一輪の赤い花を手に取り、マキの頭に付けた。

「マキちゃんのメイド服とよく似合っていますです！」

「ご指摘、痛み入りマス」

「……お前ら、言葉おかしくね？」

とりあえず予定通り、ヒーラーが仲間になった訳だけど……。

輝久は小さなマキに視線を落とす。

「それで、マキ。次に俺、何すりゃ良いんだ？」

「ハイ。分かりかねマス」

「オイ……！」

「ネイム、父様に聞いてきますです！」

ネイムはアドルフ王の傍に走り寄る。やがてネィムとアドルフ王は、神父のような出で立ちの老人を連れて輝久の方に歩んできた。アドルフ王が老夫を指さして言う。

「こちらはワシが抱えている審神者《シャーマン》でな。勇者の次の目的を教えてくれるじゃろう」

「ありがとウございマス。大変助かりマス」

「いやマキ、女神だよね？　神が此処にいるのに、どうして審神者《シャーマン》に頼らなきゃなんないの？　ねぇ、聞いてる？　聞いてないね。はい」

マキは、輝久を無視するようにシャーマンを見詰めていた。シャーマンはマキと輝久に仰々しく一礼すると、持っていた巻物を広げて厳《おごそ》かに告げる。

「魔王が復活したのは、北の大地レクイエマです。神託によれば『勇者は三人の仲間を連れて、魔王を討伐する』とあります」

「じゃあ、ネィムの他に後二人、俺の仲間になるんだ？」

「はい。残り二人は『ソブラにいる』と神託に出ております」

アドルフ王が、ハタと膝を打った。

「ソブラか。此処より海を挟んだ大陸にある武芸都市じゃな」

「武芸都市？　何ソレ？」

「ソブラにおる者は武芸都市という名の通り、武芸に精通している者ばかりじゃと聞いておる」

荒くれ共の集まる町といった感じだろうか。輝久がそんなことを考えていると、シャーマンが突然、声を張り上げた。

「むむっ！　今、まさに新たな神託が下りて参りました！　盾……光り輝く盾が見えます！　どうやら魔王を倒すのに必要な防具が、ソブラにあるようです！」

王やセレナ、そしてネィムが驚きの声を上げる。それでも輝久は冷静だった。

(色んな町に仲間がいたり、ボス戦に有効な武器や防具があるのは、ゲームなんかでありがちだよなあ)

「ってか、果物盗むような魔王だろ。そんな強い防具いるのか？」

「勇者よ。魔王を甘く見てはいかん」

不意にアドルフ王が睨むような目を輝久に向けた。ネィムがごくりと唾を飲む音が聞こえる。アドルフ王は真剣な顔で話を続ける。

「もしも……もしも、じゃ！　魔王が果物の汁を飛ばしてきたらどうする？」

絶句する輝久の代わりに、ネィムがハラハラとした顔付きで叫ぶ。

「め、目に染みてしまいますです！」

「その通りじゃ、ネィム！　じゃが、その時！　勇者の盾があれば、どうじゃ？」

「ああああっ！　盾で目を守れますです！」

「うむ！　勇者の盾でもって、魔王の果汁飛ばし攻撃を防ぐ！　その為に勇者の盾は必要なのじゃ！」

「納得なのです！」

兵士達も「流石はアドルフ王！」と口々に声を上げる。輝久はもうツッコむのも面倒くさくなって、静かに頷いた。

「じゃあ、とりあえず行きます……」

勇者の盾は全くもって必要なさそうだったが、とにかく先に進まないと日本に戻れないのだから行くしかない。輝久は半ば自分を励ますように無理矢理そう考えた。

だからといって、それほど悲観的ではない。元々、異世界ものやゲームが好きな輝久である。表には出さなかったが、ほんの少しワクワクしていた。

（新しい仲間が見たいのもあるけど『武芸都市』ってちょっと面白そうだな！）

周りにいる者達にワクワクを気取られないように、輝久はネィムにさりげない視線を向ける。

「じゃあ、ネィム。そろそろ出発するけど、準備は良いか？」

「はいですっ！」

途端、アドルフ王が血相を変えた。

「何と！　もう行ってしまうのか！　父、超寂しい……！」

「父様……！」

アドルフ王とネィムは目に涙を溜め、互いに抱きしめ合った。

「ネィムや。毎日、父に連絡して欲しい。そうじゃ！　伝書鳩を百羽程持っていっておくれ！」

「そんなに沢山の鳩を持ってはいけませんです！」

「むう。ならば、沢山の手紙を出して欲しい！　できれば、毎日！」

「流石に毎日は難しいと思いますです！」

「じゃあ二日！　いや三日に一回！」

「分かりましたです！」

「……ねえ、もう良い？　行こ？」

指切りしているアドルフ王とネィムに、輝久は出発の準備を促したのだった。


アドルフ王が用意してくれた馬車が、ガタゴトと揺れる。

兵士が手綱《たづな》を握る御者台の後ろ——荷台の中にある座席には、輝久とマキが隣合わせで腰掛ける。

その正面には案内役のセレナとネィムが座っていた。

ふと輝久は、ネィムが野菜の入った籠《かご》を抱えていることに気付く。

「それは？」

「餞別《せんべつ》だと言って、ゴブリンさんがくれたのです！」

「ああ。アイツか」

素っ気なく呟いた輝久だったが『魔物が餞別をくれる』――こんな、ほのぼのさが、ボルベゾと生死を懸けた戦いの後では悪くないと内心思った。

その時。突如『チーン』という音がマキから聞こえた。ネィムが驚いて声を上げる。

「はわわわ⁉　マキちゃんの口から紙が出てきましたです⁉」

「それ、地図だよ」

輝久が落ち着いた様子で言うと、ネィムは更に驚愕の顔を見せた。

「口から地図が出てくるのですか⁉　マキちゃん、凄いです‼」

マキは自分がたった今、口から排出した地図をまじまじと眺めていた。

「このまま進ムと、トラムの森に辿り着クようデス」

マキの言葉にセレナが大きく頷く。

「ええ、その通りです。武芸都市ソブラに向かうには、海の前にトラムの森を横切らねばなりません。そして、トラムの森には魔女が住んでいると言われています」

「ま、魔女？」

不死公ガガのような強敵を心の中で思い描き、輝久は少し緊張する。セレナが神妙な顔で話を続ける。

「盗んだ野菜を漬物《つけもの》にすることから『漬物の魔女』と呼ばれています」

輝久の緊張が一気に雲散《うんさん》霧消《むしょう》し、小鼻がヒクヒクした。うん、そうだよな。難度Fだもんな。

「セレナさん。一応聞くけど……強いのか？」

「いえ……強くはないと思います」

「だろうね！　漬物の魔女だもんね！」

「勇者様がやって来るのを待って、色とりどりのお漬物を用意しているとの噂ですよ」

「それ敵なのかな⁉　ただの世話好きのおばさんじゃない⁉」

輝久はツッコむが、ネィムは嬉しそうに言う。

「ワクワクしますです！　一体どんなお漬物が食べられますでしょうか！」

「マキ、お漬物は食ベタことないデス。楽しみデス」

「それでは皆でお漬物パーティを致しましょうです！」

「何だ、その渋いパーティ……」

「どちらにせよ、トラムの森まで早くて二日。その後の船旅も合わせると、ソブラまで一週間は掛かるでしょうね」

（森を抜けた後は、船旅か。ちょっとは冒険らしくなってきたな）

セレナの言葉に輝久がそう考えた刹那、マキが立ち上がり、セレナに言う。

「すいませン。セレナサン。馬車を止めテくれますカ？」

「はい。分かりました」

「どうした、マキ？」

マキが答えるより早く、輝久はセレナに耳打ちされる。

「勇者様！　女の子にそういうことを聞いてはダメですよ！」

「あ、ああ……」

（トイレとか、そういうこと？　いや、でもマキってロボっぽいけどな？　飯も食べるくらいだから、トイレも行くのか）

気分転換も兼ねて、とりあえず皆で馬車を降りる。轍《わだち》の残る一本道の周りには、大草原が広がっていた。セレナにマキを任せて、輝久はネィムと馬車の傍に残る。

突然「キャア」とセレナの悲鳴が聞こえた。

「な、何事でしょうか⁉」

「もしかしてモンスターか？」

ネィムと一緒に輝久が駆け付けると、セレナがマキを指さしている。

「め、女神様が急に！」

見れば、マキの両目に『！』マークが表れ、ＨＤＤパソコンのように、カリカリカリカリと、しきりに音を立てていた。

「マキちゃん⁉　どうしたのです⁉」

「勇者様‼　これは一体⁉」

「いや、俺も分かんねえ‼」

一分後、鳴り続いていたカリカリ音は消え、マキの目も普通に戻った。何事もなかったかのように、マキが平坦な口調で言う。

「なるべく早くソブラまで行った方が、良い気が致しマス」

「脳のデータベースに、そう書いてあったのか？」

「イエ。勘デス」

「アンドロイドの勘って何だよ！　相変わらず適当だな！」

叫ぶと、マキがぐるんと白目を剥き、小さな体から閃光を放った。

「ひっ⁉　ごめん⁉」

一瞬、マキが怒ったのかと思って輝久は謝るが、そうではなかった。

『トランス・フォーム』

エフェクトの入った大人びた女性の声に変化するや、マキの五体がバラバラになって浮遊。変形しつつ、輝久の元に飛来する。

「はあああああああああ⁉」

叫ぶ輝久と合体。メタリックな外見に変化するや、胸のレリーフ女神が喋る。

『異世界アルヴァーナに巣くう邪悪に会心の神撃を……』

ジエンドは輝久の意志とは無関係に弧を描いて舞う。胸の女神が冷徹な機械音を発する。

『終わりの勇者――ラグナロク・ジ・エンド』

女兵士セレナが緊張ＭＡＸの面持ちで、辺りを窺いながら叫ぶ。

「ま、またボルベゾのような敵ですかっ!?」

だが、晴れた空では鳥達が囀《さえず》り、平穏な風景が広がっていた。

セレナがカンカンに怒って、ジエンドに変身した輝久に詰め寄る。

「何もないじゃないですか!! 急に変身して、思わせぶりな台詞、言わないでくれません!?」

「セレナさん、ごめん！ けど、俺が言ったんじゃないんだよ！」

輝久は、弁解とばかりにジエンドの胸部にある女神の彫刻を指さす。すると、女神のレリーフが悪びれもなく言葉を発する。

『武芸都市ソブラまでの行程を短縮します』

そしてジエンドは右腕を上空にかざした。即時に掌から出たレーザーブレードで、ジエンドは自らの前方を縦長の長方形に切り裂く。

「なっ!? 何してんだよ!?」

驚く輝久。前方には、扉のような光の輪郭が未だ空間に残っていた。ジエンドはそれに近付くと、長方形の空間の真ん中を右手で押した。

『マキシマムライト・ハデス・ゲート』

女神のレリーフが語ると同時に、押した空間がグニャリと歪む。今、輝久達の前方には、内部がウネウネと七色に歪むサイケデリックな長方形の空間が出現していた。

輝久が胸元に問いかける。

「行程を短縮って言ってたけど……もしかして、ワープ的なやつ？ てか……この中に入るのか？」

女神の無言はどうやら、肯定のようであった。セレナがハッと気付いて言う。

「なるほど。移動魔法のようなものですか。それでは、私は此処までですね」

少し寂しげな顔をしたセレナの手を、ネィムがしっかと握る。

「セレナさん、此処までありがとうございますです！」

「いえいえ。私はプルト城にて、ネィム様達の旅のご無事を祈っております……というか、まずは、その扉の中でのご無事を祈ります……！」

「ホントだよ‼　コレ、マジで大丈夫なんだろな⁉　空間、うねってんぞ‼」

『人体に支障はありません』

マキが言うよりは、胸の女神の言葉の方が何となく信憑性《しんぴょうせい》が高い気がする。

それでも不安な輝久と逆に、ネィムは目を輝かせていた。

「夢の中みたいな不思議な空間なのです！　おとぎ話みたいでワクワクしますです！」

「夢の中っていうか、危ない薬でバッドトリップしたみたいな空間だけどな」

「ネィム、入ってみますです！」

「ま、待てよ！　危ないって！　俺が先に行くから！」

ネィムが時空の歪みでバラバラになったりしたらイヤだし、ジエンドに変身している自分なら大抵のことが起きても大丈夫だと思って、輝久はそう言った。

「勇者様はやはりお優しいのです！　それではよろしくお願いしますです！」

すると輝久の意思を汲《く》んだように、ジエンドが勝手にゲートまで歩を進める。

言った通りになったとはいえ、緊張する輝久。恐る恐る時空の歪みに足を踏み入れると、背後からネィムの元気な声が聞こえた。

「セレナさん、行ってきますです！」

「ネィム様、皆様！　どうかご無事で！」

そんなセレナの声は、すぐに遠くなる。おどろおどろしい七色の空間内に輝久が居たのは、ほんの二、三秒。すぐに通過して、輝久達はゲートを出る。

「え」

輝久は呆然と呟く。目の前に見知らぬ町が広がっていた。胸の女神のレリーフが言う。

『武芸都市ソブラに到着しました』

「も、もう着いちまった……！　チートすぎる……！」

「勇者様！　扉が！」

振り向くと、うねっていた長方形の空間が跡形も無く消えていた。輝久は気になって聞いてみる。

「なぁ。こういうのって何なんだよ？　科学？　それとも魔力なのか？」

『偶《ぐう》の神力です』

「それってよく言ってるけどさ。具体的にどんな能力なんだよ？　この際、ちゃんとした説明を――」

胸に向かって話している最中、ジエンドの体が発光した。体から各パーツが分離して、輝久の近くで一つに集まる。

メイド服を着たアンドロイド女神に戻ったマキを、輝久は激しく睨み付ける。

「話の途中で、お前はァ！」

「テル、怖いデス。マキに八つ当たりシないでくだサイ」

「お二人とも、言い争いをしてはいけませんです！　それより見てくださいです！」

武芸都市ソブラは、ドレミノの町の数倍の広さがあり、並んでいる建物も木造のものは少なく、レンガ造りが多かった。大通りにも華やかな外観の店々が並んでいる。都市というだけあって、随分と栄えている印象だ。

ネィムが感嘆の声を上げる。

「これが武芸都市ソブラ……！　トラムの森も行かず、船旅もせずに来てしまいましたです！」

「あ。そういや漬物の魔女って、俺のこと待ってたんだよな。怒ってないかな？」

「帰りに寄って差し上げれば良いと思いますです！」

「腐ってんじゃない、漬物？」

すると、マキの頭からカリカリカリと音がした。

「大丈夫デス。漬物は保存食だと、マキの脳内データベースにありましタ」

「いや、それは俺も知ってるけども」

「待っているのが、漬物の魔女さんで良かったのです！」

「良かったのかなあ。まぁ、どうでも良いか」

漬物の魔女には少し悪い気がしたが、ショートカットした分、早く異世界攻略ができる。輝久はそう考えて、武芸都市ソブラの中心部へと歩を進めた。

第七章　新たな仲間

「とっても凄い町なのです！」

ネィムが小さな拳を胸の前で握りしめて、驚嘆の声を上げる。そして、輝久もそんなネィムの気持ちが分からなくもない。

大剣を背に担いだ屈強な戦士。女性ながらに筋骨隆々な者。ピエロのような道化者など――ソブラの大通りは、逞しい戦士や奇抜な格好をした者達でごった返していた。

ドレミノの町やプルト城周辺とは全く様相が違う。賑やかで騒々しくて、難度F世界のほのぼのした穏やかさは感じられなかった。

(急に風景、変わったな。そりゃそうか。中盤まですっ飛ばしてきたようなもんだろうからな)

そんなことを考えていると、行き交う者達が輝久のパーティをチラチラ見ていることに気付く。

「見ない顔だな」

「子連れか」

奇異の視線を投げられて、輝久が居心地の悪さを感じていると、三角帽子を被った恰幅《かっぷく》の良いピエロが明るく声を掛けてきた。

「旅の人だね！　アンタ、良いところに来たよ！　明後日は年に一度の武芸大会の日なんだ！」

「武芸大会？　そんなの、あるのか」

「だから皆、準備に大忙しって訳さ！」

（道理で人が溢れかえってる訳だ）

武芸大会と聞いて、輝久の胸は少し高鳴る。おそらくトーナメント方式で戦ったりしながら、一番強い奴を決めるのだろう。

「勇者様？　どうされたのです？」

ネィムが不思議そうに輝久の顔を覗き込んでいた。照れ隠しに輝久は笑う。

「いや『一番強い奴を決める大会』とか男なら、ちょっと燃えるじゃない？」

「そういうものなのですか！　なるほどなのです！」

するとピエロが首を横に振った。

「違う、違う。お兄ちゃんが言ってるのは『武闘』大会だろ？　ソブラのは『武芸』大会！　各自が持っている特技を見せ合う大会なんだ！」

「特技？」

「剣で演舞をしたり、火を吹いて皆を楽しませたり、セクシーダンスで魅了したり……そうそう、前年の優勝者は剣を口から呑んで見せたなあ！　いやぁ、アレは凄かった！」

「ああ……そういう感じのアレなんだ……」

やはり、ほのぼの世界。熱いバトルや展開が待ち受けている筈がなかったのだ。少し肩を落とす輝久をピエロはウリウリと肘で突く。

「何だかんだ言いつつ、お兄ちゃんも出るんだろ？　面白そうなカラクリ人形、連れてるもんな！」

ピエロはマキに視線を向けていた。唐突に、マキがパカリと口を開く。

「カラクリ人形でハありまセン。マキは女神デス」

「しゃ、喋った⁉　それに……め、女神だってぇ⁉」

ピエロは素っ頓狂《すっとんきょう》な声を上げて、輝久に向き直ると――。

「女神の連れ……ってことは、お兄ちゃんは勇者なのかい⁉」

こくりと頷く輝久の手を、興奮した表情のピエロが両手でしっかと握った。

「こりゃあ、たまげた！　伝承の通り、勇者と女神がソブラに現れた！　ユアンとクローゼに教えてやらなくちゃあ！」

「ユアンとクローゼ――それってもしかして、俺の仲間になる予定の人？」

「ああ！　二人共、勇者と行動を共にする使命を持った、選ばれし者なんだ！」

「ふんふん。で、ちなみにだけどその二人って、年はどんな感じ？」

「勇者様と同じくらいじゃねえかな！　ユアンは優男で、クローゼはなかなかの別嬪《べっぴん》だぜ！」

（よかった！　俺のパーティ、幼女しかいなかったからな！）

輝久は内心、喜んだ。周りの者達から、ロリコンか、人さらいみたく思われているのではないかと心配だったのだ。

「ユアンもクローゼもきっと喜ぶよ！　子供の頃から、勇者様と女神様が来るのをずっと待ってたんだから！　さぁ、付いてきてくれ！」

ピエロに案内されたのは、コロシアムを彷彿《ほうふつ》とさせる、すり鉢状の円形闘技場だった。誰も居ない観客席を見上げながら輝久は呟く。

「舞台は結構、本格的っぽいんだけどなあ」

「二日後、此処で参加者達が、歌を歌ったり、腹芸をしたりと大道芸を繰り広げるんだ！」

「大道芸かあ……」

せっかく雰囲気のあるコロシアムが台無しだと輝久は思った。しかし、ネィムは嬉しげに言う。

「とっても楽しそうなのです！」

「テルも腹芸でもしマスか？」

「何でだよ。しねえよ」

「ほら、勇者様！　こっちこっち！」

ピエロの後を追い、コロシアム裏の舞台袖のような通路を輝久達は歩く。すれ違う者達は皆、忙《せわ》しない感じで荷物を運んでいた。きっと武芸大会の準備をしているのだろう。

「おっ、いたいた！　ユアン！　クローゼ！」

不意にピエロが声を張り上げた。少し離れた場所で、蒼髪《あおかみ》の青年と、赤髪の女性が二人一緒にソファを運んでいる。蒼髪の男がホッとした顔を見せた。

「ちょうど良かった！　クローゼ、少し休憩しよう！」

「ったく。だらしねえなあ、兄貴」

（兄貴？　兄妹《きょうだい》なんだ？）

髪色の対照的な二人が、ソファの端を各々持っている。女の方が余裕の表情で、逆に男の方が運ぶのも精一杯といった様子だった。

「何だよ、ジュペッゼのオッサン！　アタシら今、準備で忙しいんだけど！」

赤髪の女が、ピエロを睨みながら、ソファをドサッと地面に下ろした。片側の支えが無くなり「うわぁ」と男がよろめく。

仕事を邪魔されて仏頂面を見せた女だったが、マキに視線を向けた途端、表情を明るくした。

「おおっ！　立派なカラクリ人形だな！」

「うん！　とてもよくできているね！　これなら入賞、間違いないよ！」

蒼髪の青年も笑顔を見せて言う。その刹那、マキが口を開いた。

「先程も言いましタが、マキはカラクリ人形ではありまセン。女神デス」

「しゃ、喋ったあ!?　オモチャじゃねえのかよ!!」

「ご、ごめん！　僕もてっきり人形かと！　ん……？　ま、待って！　今、確か女神って……！」

ピエロの格好をしたジュペッゼが満面の笑みを浮かべる。

「そう！　こちらが、お待ちかねの女神様と勇者様だよ！」

少しの沈黙。打って変わって神妙な顔付きになった二人は、ようやく言葉を発する。

「で、伝承の女神様と勇者様が遂にソブラに……！」

「おいおい……！　マジかよ……！」

蒼髪の男性が慌てた様子で輝久に近付く。

「は、初めまして！　僕はユアン！　職業は魔法使いで！　えっと、火系の魔法が得意で！」

「あ、ああ、そうなんだ。よろしく」

輝久は愛想笑いをしつつ、ユアンと握手する。ユアンは輝久の笑顔を見て、少し緊張が解けたようだった。

「それから、こっちは妹のクローゼだよ！」

「兄妹なんだ？　けど、髪の色……」

「僕は父さんに、クローゼは母さんに似たんだよ！」

そう言って笑うユアン。輝久は改めて二人を見る。

髪の色も真逆なら、顔も性格もあまり似ていない。ユアンは穏やかな人相の通り、人懐っこい感じである。対して、クローゼは美人だが、ツンとすましているように思えた。

「ほら、クローゼ。挨拶して」

ユアンに言われ、クローゼはまずマキの前に歩み寄り、目を細める。

「コレが女神かあ。思ってたのとだいぶ違うなあ」

「よく言われマス。よろしくお願いしマス」

「おう。じゃあまぁ、よろしく」

マキに対してニカッと笑った後、クローゼは険しい表情に戻り、輝久の前にズイッと歩み寄る。

輝久は長身のクローゼを見上げた。

（幼女ばっかはイヤだと思ってたけど……こ、これはこれで……！）

クローゼは輝久より十センチ以上、背が高かった。無造作でボリュームのある赤毛は、軽装鎧から覗く、くびれた腰辺りまで伸びている。

海外モデルのような体型のクローゼだったが、更にもう一つ、大きな特徴があった。

（で、でかい……！）

今、輝久の目前にはクローゼの巨大な胸があった。輝久は急に恥ずかしくなって、Ｊカップはありそうな胸から視線を泳がせる。

クローゼはクローゼで、ユアンとは違う鷹揚《おうよう》な態度のまま、輝久の頭から爪先までを見定めるように眺めていた。

「勇者っていうから、筋骨隆々の戦士タイプを想像してたんだが……腕も細いし、女みてーだな！　兄貴よりひょろいのは初めて見た！」

クローゼはにやりと口角を上げる。ユアンが焦った表情になって、妹を窘める。

「クローゼ！　失礼だよ！」

「ハッハッハ！　魔法使いの兄貴と違って、アタシは戦士職だ！　これからよろしくな！」

快活に笑った後、バーンと背中を叩かれる。「わっ」と輝久が叫ぶと、クローゼはまた楽しそうに声を上げて笑った。

「なぁ。名前、何てんだ？」

「お、俺は……」

長身から来る威圧感と傍若無人《ぼうじゃくぶじん》な態度に戸惑い、すぐに言葉を返せない輝久に代わり、マキが口を開く。

「名称は草場輝久デス。長いノで省略して、テルと呼んでくだサイ」

「いや、何でお前が言うんだよ！」

輝久は叫ぶが、マキは既にネィムを指さしている。

「こちラの小さイお子様はネィムデス。そのままネィムと呼んでくだサイ」

だから何でお前が言うんだ。あと、お前だってお子様だろ。

輝久はそう思ったが、ネィムは特に気にする様子もなく、笑顔でクローゼとユアンに深々と頭を下げた。

「ネィムと言いますです！　ヒーラーをしてますです！　よろしくお願いしますです！」

「こちらこそ、よろしくね！」

ユアンが優しげに微笑み、クローゼが大きく頷いた。

「人形みたいな女神がマキで、ちっこいヒーラーがネィム。そして、勇者がテルか。覚えたぜ」

「って言うか、呼び捨てで良いのかな？」

不安げなユアンに輝久は言う。

「それは全然、構わないけど」

「じゃあ、テル！　よろしく！」

ユアンが爽《さわ》やかな笑顔を見せた。愛嬌《あいきょう》のある優しげな顔付きの好青年である。うん。ユアンとは仲良くなれそうだ。

だが、そう思った瞬間、クローゼが馴《な》れ馴《な》れしく輝久の肩に手を回してくる。

「ちょ、ちょっと!?」

密着されて、独特な女性の匂いと、鎧の上からでも分かる柔らかな感触に戸惑う。そんな輝久の気持ちなど知らず、クローゼは楽しげに笑う。

「テルは弱そうだから、アタシが守ってやるよ！」

「はぁ!? 守るとか、何でそんな!!」

「いや、テル。それが僕達の使命なんだ」

「し、使命？」

クローゼが輝久から離れると、ユアンは少し真剣な顔付きになって言う。

「僕とクローゼはガーディアンの一族なんだ。この世界に現れる勇者を守る使命を持った一族さ」

確か、ネィムも勇者が来るのを待っていたと輝久は聞いていた。この世界には、どうやらそういった感じの勇者伝説があるらしい。

(だからって、勝手に守るとか言われても困るんだけどな)

自分は一応は勇者の筈。普通に考えれば、パーティのリーダー的存在だ。

それなのに、クローゼとの間で上下関係が決まってしまったようで、輝久は何だかやるせない。

「それでな、テル。アタシらも魔王を倒す冒険に一緒に行ってやりたいんだが、あいにくと明後日は武芸大会だ。年に一度のお祭りみたいなもんなんだよ」

クローゼは腕組みしながら、話を続ける。

「だから、武芸大会が終わるまでソブラに残りな！　ぶっちゃけ、農作物盗む魔王を倒すより、祭りの方が大事だかんな！」

「ええええ……！　そんなハッキリ……！」

輝久が驚いていると、隣のアンドロイドもコクコクと頷く。

「果物を守ルようナ、やり甲斐の少なイ旅デスからネ。後回しになるのハ、やむを得なイといったところでショウ」

「お前が言うな!!」

「よし！　じゃあ、魔王討伐は祭りが終わってからだ！　それで良いよな、テル！」

「わ、分かったよ……」

「ごめんね、テル」

ユアンは申し訳なさそうな顔だったが、クローゼはやはり快活に笑う。

はぁ……こんな感じじゃ、勇者も何もあったもんじゃないよな。

軽く落ち込む輝久に気付いたようで、ネィムが明るい声を出した。

「で、でも、勇者様は、この町で盾を手に入れなければならなかったのです！　だから、ちょうど良かったのだと思いますです！」

「言われてみれば、それもそうか」

「ああ？　勇者の盾って、ひょっとしてアレじゃねえか？」

クローゼが不意に指さした通路の端には、ゴミ袋が沢山積んであり、そこに盾っぽい物が置いてあった。輝久は驚いて叫ぶ。

「勇者の盾、随分、無造作に置いてんな!?　ゴミと一緒に、埃《ほこり》かぶってっけど!?」

「ソレ、デカくて重くて、邪魔だったんだよ！」

クローゼに続けて、ユアンも躊躇いがちに言う。

「前に何かの煮汁を零して、そのままで。だから、少し臭いかもしれないね」

「そんな盾、いらねえわ!!」

「ゆ、勇者様！　勇者の盾は、魔王の果汁飛ばし攻撃を防ぐ時に必要になりますです！」

「そんなの別に勇者の盾じゃなくて良いだろ！　重いわ、盾だと！」

ネイムに叫んでいると、クローゼが、閃いたとばかりに人差し指を立てる。

「そうだ！　その盾、武芸大会の賞品に加えようぜ！」

「どうしてタダで貰える筈だった物が賞品になるの!?　おかしくない!?」

「だって、その方がテルだって燃えるだろ！　面白いじゃんか！　なっ、なっ！」

「えええ……！」

驚愕する輝久。ユアンが軽く輝久の肩に手を載せた。

「ま、まぁ、武芸大会には僕達も出場するから！　それに、もし違う人が入賞しても、高い確率で『別にいらない』と言うと思うから、譲ってもらえるよ！」

「そんな誰もいらないもん、俺だっていらないんだけど！」

「ハッハッハ！　決まりだな！　一緒に武芸大会、頑張ろうぜ、テル！」

クローゼの悪ノリで勇者の盾が賞品にされてしまった。開いた口が、ふさがらない輝久。そんな輝久の手を、不意にクローゼが掴んでグイと引いた。

「な、何だ⁉」

「準備ついでに町を案内してやるよ！　付いてきな！」


クローゼに連れ出され、輝久達一行は円形闘技場の外にいた。闘技場の周りでも、人々が荷物の載った台車を引いたりして、慌ただしく武芸大会の準備をしている。

輝久が驚いたのは、沢山の出店が通りに並んでいることだった。

日本の夏祭りみたいだな、と輝久は思う。無論、りんご飴《あめ》や射的などの出店はないが。

「当日は、酒を飲んだり、肉を食ったりしながら観覧すんだ！」

クローゼが輝久の隣で楽しげに言う。クローゼの言った通り、酒瓶を並べて用意している店や、ケバブ屋のような装いの店もあった。ユアンがクローゼの話の後を続ける。

「食材なんかの準備も必要なんだ。もうあと二日だからね。結構、バタバタなんだよ」

「ふーん」

「なぁなぁ！　ところでテルは何すんだ？　腹芸でもすんのか？」

「しねえし！」

するとネイムがポンと手を打った。

「勇者様は、マキちゃんと一緒に出場すれば良いと思いますです！」

言われて、輝久はマキを見る。

（そうだな。マキが首を外したり、バラバラになれば……）

前回は、剣を呑み込むマジックを見せた者が優勝したとピエロが言っていた。それなら、マキが体の一部を分離させれば、簡単に入賞できそうだ。

「ユアンとクローゼも出るんだよな？」

輝久が尋ねると、クローゼは背負った大剣を、体を傾けて見せる。

「もちろんだ！　アタシは大剣で演舞！　兄貴は新しい火炎魔法を披露《ひろう》するんだ！」

ユアンは笑顔で頷いた。クローゼが両拳を握りしめ、感極まったように声を振り絞る。

「ああーっ、武芸大会が楽しみだ！　アタシ、血湧き、乳躍ってんぜ！」

「ち、血湧き、肉躍るだよ、クローゼ！」

「知ってるよ、兄貴！　血も肉も乳も踊ってるってこった！」

どんなことだよ、と輝久が呆れた表情を見せると、クローゼはにやりと笑って、豊満な胸を張って見せた。

「どうだ！　触ってみるか、テル！」

「はぁっ!?　い、いきなり何だよ！　いいって、そんなの！」

「遠慮すんなって！　男は皆、オッパイ触りたいもんだろ！」

「俺は！　べ、別にっ！」

（つーか、触れる訳ないだろ！　アンタの兄貴も幼女も見てんのに！）

だが、ジリジリ迫るクローゼ。不意にマキが間に割って入った。

「せっかクのご厚意を無駄にしテはいけませン」

そしてマキはクローゼの胸に小さな手を近付けて、フニフニする。

（な、何やってんの、この子……！）

「大きクて張りガあルのに、柔らかいデス」

「ハッハッハ！　そうだろ！」

マキに胸を揉まれて、満足げなクローゼ。輝久が愕然としていると、何とネィムも無邪気にクローゼの胸を触りだした。

「ホントです！　とってもフワフワしていますです！」

「だろ、だろ！　なぁなぁ、テルも触ってみろって！」

「良いってば！」

「クローゼ。よしなよ。テルが嫌がってるよ」

「何でだよー！　金なんか取らねえからよー！」

そしてクローゼは酔っ払いが絡むように、輝久の肩に腕を回してくる。

「だ、だからやめろって……うん？」

先程も感じたクローゼの匂いに、輝久は顔をしかめた。クローゼも輝久の異変に気付き、不思議そうな顔をする。

「あ？　どうした、テル？」

「いや……ちょっと……汗臭い……」

「んんーっ？」

クローゼが離れて、自分の脇の辺りをクンクンと嗅ぎ出した。ユアンがクスッと笑う。

「クローゼは、武芸大会の準備で数日、湯浴みしてなかったからね」

すると、クローゼは大声を出して笑う。

「ワーーーッハッハッハ!!　アタシ、フェロモン出ちゃってたかあ!?」

(ワ、ワイルドすぎる……！)

クローゼの見た目は、胸も大きくて身長も高く、モデルのような体型である。顔だって悪くない。

しかし、問題は性格だ。輝久自身、これまでこういうタイプの女性に出会ったことがないのもあって、若干引いていた。

そんなクローゼとユアンを眺めながら、マキが呟く。

「強そうナ仲間ができテ良かったデス」

「はい！　優しいお兄ちゃんと、頼れるお姉ちゃんができたみたいです！」

ネイムもそう言う。ユアンに関しては同意だが、クローゼは苦手なタイプかも、と輝久は思った。

(ワイルドを通り越して、何かガサツなんだよな……)

輝久の気持ちなど意にも介さぬ様子で、クローゼは誰にともなく言う。

「もし時間あるなら、準備、手伝って欲しいんだけどなあー！」

「あっ、はい！　お手伝いしますです！」

やる気満々のネィムだったが、輝久は慌てて首を横に振った。

「いやいや、ネィム！　そろそろ日も落ちて暗くなる！　宿屋に行こう！　マキだって疲れたろ？　なっ！」

「マキは全然平気デスけどモ……」

「ダメだって！　ホラ、アレだ！　オイル的なものを関節に注《さ》さなきゃ！」

「今日はお股の調子もよク、オイル漏れはしテいまセンが」

「いいから行くぞ！　じゃあな、ユアン、クローゼ！　また明日！」

「う、うん。じゃあ、また明日」

「おう！　またな、テル！」

大きく手を振るクローゼ。ネィムとマキもクローゼに手を振り返したが、輝久はそそくさと、この場から立ち去ったのだった。

幕間　ワイルド女の本音

輝久とマキ、そしてネィムが宿屋に向かった後。クローゼはユアンと一緒に三十分程出店の手伝いをしていたのだが――。

「兄貴！　アタシ、今日はそろそろ上がるわ！」

「えっ。早いね」

「悪《わ》りぃ！　埋め合わせは明日するよ！」

体調が悪かった訳ではない。ソワソワして作業に集中できなかったのだ。

その後、クローゼは一人、ソブラにある銭湯に直行した。

確かに準備で忙しく、全く湯浴みをしていなかった。四日——いや五日は湯船に浸《つ》かっていなかっただろうか。

時間帯が早いせいで、銭湯は人もまばらだった。岩場の陰に辿り着くや、クローゼは手拭いで豊満な体をゴシゴシと擦り始めた。

クローゼの顔は真っ赤に染まり、輝久と喋っていた時の豪胆《ごうたん》さはすっかり影を潜めている。

体を洗いながら、クローゼは心の中で絶叫していた。

(ダメだ、アタシはああああああああああああ!!)

フェロモン出ちゃってたかあ、じゃねえよ！　臭いんだよ、単純に！　あと、血湧き、乳躍るって何だ！　間違えた！　死にたい！

……クローゼは、そこそこナイーブであった。

(あーあ。頭悪いって思われただろうなあ。ま、実際、賢くはないんだけどさあ)

子供の頃から聞かされていた勇者の登場に、クローゼは内心、もの凄く緊張していた。とにかく間を持たすべく、喋らなくてはと思い、まくし立てた結果があんな感じであった。

焦って喋れば喋る程、何だか勇者にとってイヤな奴になっていく気がして、それがまたクローゼをガサツな行動に駆り立てるといった悪循環だった。

最後の方は、どうにか失態を取り戻そうと、自慢の胸を触れと迫ってみたが、勇者はより一層、ドン引きしていた気がする。

「はぁーあ」

肌を擦る手を止めて、大きな溜め息を吐く。やがて思い立って、クローゼは全裸のまま、果実から精製された香料の置いてある棚に向かった。

普段、こういう物に興味はない。だが、クローゼは香料を脇や乳房に塗り付けてみた。

(これでちょっとは良い匂いになったかな?)

勇者のことを考えながら、クローゼは全身に香料を塗る。輝久を初めて見た瞬間、クローゼの心はときめいた。あんな気持ちになったのは生まれて初めてである。『どうにか勇者に好かれたい』——クローゼは自然にそう願っていた。

単に一緒のパーティになったからとか、子供の時からずっと憧れていた勇者だからとか、そういうのとは違う感じがしていた。

(何だろな、この気持ち)

考えながら、香料を掌に溜め、クローゼはそれを股に近付ける。

「こ、此処もひょっとして、もしかしたら嗅がれるかもしんねえしな……!」

大事な部分に塗り付けようとして、クローゼは不意に恥ずかしくなって叫ぶ。

「バカが!! んな訳ねーだろ!!」

自分のバカさ加減にイラついて、クローゼは手桶《ておけ》を岩場にガーンと投げ付けた。

（こんなだから、周りの奴らからガサツって思われんだよ！）

気持ちを切り替えようと、冷水を何度も浴びた。少し落ち着いた後、誰も居ない脱衣所に戻る。

クローゼは一人、鏡に映る自らの裸体を見詰めた。

（背と胸だけはデカくなっちゃって。アタシだって、昔はちゃんとしてたんだけどなあ）

◇　◇　◇

武芸都市ソブラから馬車で一両日走った距離に、ユアンとクローゼの故郷の村はあった。

父親は痩せ気味の魔法使い。背格好も現在のユアンと似ている。そして、母親は女だてらにガタイの良い戦士だった。

ユアンの修業は魔法使いの父が、クローゼの修業は戦士職の母が担当した。

背もまだ発達していない幼いクローゼに、母はよく巨大な骨付き肉をグイと差し出したものだ。

「クローゼ！　もっと肉を食え！」

「はい！」

「違うだろ！　返事は『おう』だ！」

「お、おう！」

「ハッハハ！　そうだ、クローゼ！　お前は将来、勇者を守る強い女戦士になるんだからなあ！」

筋肉質で赤毛の母は大声を出して笑う。そんな母を、父もユアンも、そしてクローゼも、やや遠慮がちに眺めていた。

クローゼ自身、母のことは嫌いではない。むしろ好きであった。基本的には優しいし、肉を食えと押し付けたり、二言目には強くなれと言うのも、自分の将来を考えてのことだと思っていたし、事実その通りだった。

(そうだよ！　アタシは将来、勇者を守らなきゃいけないんだから！)

クローゼは、母のようになるべく男らしく振る舞うようにした。野菜を盗むような魔物をゲンコツで懲らしめたり、ガハハと快活に笑ったり、あと人一倍、肉を食べた。

ある日、母と一緒に市場に買い物に行く道中、自分と同い年くらいの子供の人山ができていた。紙芝居をしているらしい。

「珍しいな。クローゼ、ちょっと見ていくか？」

「おう！」

男らしく返事するクローゼ。母と一緒に見た紙芝居は、悪いドラゴンに襲われている王女を命がけで守ろうとする王子の物語だった。

王子は王女の手を握りしめて言う。

『君は絶対に俺が守る！』

『ああ、王子様！』

クローゼの胸はキュンと、ときめき、忘れかけていた女子的な部分がひょいと顔を覗かせた。

(ああっ、素敵！　アタシもあんな王子様に助けられたいなあ！)

だが、隣の母は苦虫を噛み潰したような顔をしていた。

「チッ！　何て腹の立つ、女々しい話だ！　行こうぜ、クローゼ！　帰って肉、焼いてやっから！」

「おう！」とは言ったものの、クローゼは肉より何より、話の続きが気になって気になって仕方がなかった。

しかし、その後も母のガーディアンとしての英才教育が続き、いつしかクローゼはそんなことは忘れてしまった。

◇　◇　◇

「……はぁーあ」

昔を思い出しながら、クローゼは一際大きな溜め息を吐く。鏡には湯気の立つ自分の裸体が映っている。母と同じ筋肉質で、脂肪のないガーディアン体型の自分が。

(絶対、母ちゃんのせいだよな)

恨みはない。愛している。今も村で健在の両親に、今日、女神と勇者と会ったことを早く知らせてやりたいと思う。きっと諸手《もろて》を上げて喜ぶだろう。

それでも、クローゼの溜め息は止まらないのだった。

……ソブラの銭湯を出て、クローゼはユアンと二人暮らしの家に戻る。ユアンはまだ少し濡れたクローゼの赤髪を見て「さっぱりしたね」と笑った。

「これから、二日に一回は入るって決めた」

すると、ユアンはまたクスクスと笑った。

その夜。自室のベッドに寝転がり、クローゼは一人、枕を抱いていた。少女時代に見た紙芝居が何故だか、クローゼの脳裏から離れなかった。

「人生で一回くらい、言われてみてえなあ。『君は俺が守る！』なんて……」

枕を抱きながら独りごちた途端、クローゼは半身を起こし、頭をブンブンと振る。

「ぎゃあああああ！　何言ってんだ、アタシ！　ハズい、ハズい！　逆だろ！　アタシはガーディアン！　守る方なんだから！」

頭を枕に押し付ける。余計なことを考えないようにしようとするが、今日会った勇者の顔と、紙芝居の王子の顔が交互に脳内に現れた。

（ああ、もう！　眠れねえっ！）

クローゼはベッドから起き上がると、酒の入ったボトルを持ってベランダに向かう。

満天の星が照らすベランダには先客がいた。

「兄貴。まだ起きてたのか。珍しいな」

「何だかちょっとワクワクしてね」

星空を眺めながら、ユアンが言う。

「不思議なんだ。出会った瞬間、理屈無しに勇者を――テルを守らなきゃって思った。ガーディアンの義務とか使命とか、そういうのとは多分違って。上手く言えないけど、昔からの友人みたいだなって思ったんだ」

「あ、分かる！　アタシもテルとは初めて会った気がしねえっつーか！」

「そう。だから、本当に命を懸けて守ろうって思えた」

ユアンの言葉にクローゼは頷く。血の通った兄が、自分と同じ気持ちを抱いていることが嬉しかった。

真剣な表情をしたままのユアンがふと可笑《おか》しくなり、クローゼは笑いかける。

「実際、命懸けで守ることなんかねえだろ！　アルヴァーナは平和なんだから！」

「あはは。間違いないね。どうしたんだろ、僕？」

ユアンは軽く頭を振った後、笑って言う。

「テルがアルヴァーナでの冒険を楽しんでくれると良いね」

「ああ！　アタシもそう思うよ！　テルにとって、良い思い出になってくれたら嬉しい！」

そう言って、クローゼは持ってきた酒瓶をラッパ飲みで豪快にあおった。

第八章　謎の老人

輝久、マキ、そしてネィムは宿屋で一晩明かした後、明日に迫った武芸大会の手伝いをすることになった。

クローゼに少し苦手意識を持っていた輝久だったが、今となっては気にしないようにしていた。

(昨日、手伝って欲しいって言われたしなあ。ま、皆、一緒だし大丈夫だろ)

しかし。

柔和で話の合いそうなユアンが、早々に別の手伝いを任されて消え……マキとネィムの幼女二人は、飾りの花を編む作業に抜擢《ばってき》されて……気付けば——。

「じゃあ、テルはアタシと一緒だな！」

(うわ……クローゼに捕まった……！)

「アタシらは出店のチェックだってよ！　楽な仕事だ！　ツイてるぜ！」

そう言って、クローゼは輝久の腕を強引に引いた。


「なぁ、テル！　昨日はよく眠れたか？　アタシのこと考えて、興奮して眠れなかったんじゃねえの!?　ハーーッハハハハ!!」

出店に向かう途中、クローゼが大声で話しかけてきたが、輝久は返答に困っていた。

(何て返したら良いんだよ!?)

クローゼのことが、好きか嫌いかと聞かれれば別に嫌いではない。ただ、スーパーモデルのような体型に、自分よりも高身長。それでいてグイグイ来られるものだから、輝久としては対応に困る。

一方的にクローゼがまくしたてる中、準備中の店々が立ち並ぶ通りに出る。昨日はハリボテのようだった出店も、今や営業できる程に完成していた。通りを行き交う人の多くは、手伝いや準備の者達だ。

クローゼが楽しげに言う。

「明日は他の町からも観客が来るんだぜ！　ソブラは人で溢れかえるんだ！　ワクワクするだろ？」

「いや。俺、あんまりこういうの好きじゃなくて」

「はぁ？　そうなのか？」

輝久の隣を、両親に手を繋がれた子供が楽しそうに歩いていた。子供が準備中の食べ物屋の前で立ち止まる。

「パパー！　コレ買って！」

「ダメダメ。まだ売ってないんだよ。明日、買ってあげるから」

「絶対だよー！　約束だよー！」

そんな親子を眺めて、クローゼはニカッと口を開けて笑う。

「微笑ましい光景だな！　テルも、そう思うだろ？」

「別に」

「何だよ、何だよ！　つまらなそうだなあ！」

幼少期以降、輝久は騒がしいところが苦手だった。理由は、離婚した両親との楽しい思い出が蘇《よみがえ》るからだ。

今の子供のように、両親に手を繋がれて夏祭りに行ったことがあった。綿飴、焼きそば、射的――あの時、あんなに楽しかった記憶が、今となっては回想するのも辛い出来事に変わっている。

不意に輝久は、お尻をバンと叩かれた。

「痛って⁉　何すんだよ、クローゼ‼」

驚いて振り返ると、クローゼはトウモロコシが沢山入った木箱を肩に担いでいる。

「ほら。この店の手伝いするぜ。アタシと一緒にコレ持って運ぶんだ」

「出店のチェックするだけって言ってなかったっけ？」

「いいから！」

無理やり木箱を押し付けられる。輝久は渋々、木箱に手を添えた。

「テルは祭りを見るの好きじゃないんだろ？　じゃあさ。いっそ、楽しませる側に回ってみろって」

「え？」

一緒に木箱を運びながら、クローゼはそう言った。

「アタシは祭り自体も好きだけど、喜んでる人の顔を見るのが一番好きなんだ！　だからこうして準備してる方が楽しい！」

「そういうもんかな？」

「そういうもんだ！　よし、そこに置いて！　まだまだあるぞ！　次はあの箱だ！」

「えええ……！　お、重っ⁉」

山積みされていた木箱を、クローゼと一緒に出店の傍まで運ぶ。クローゼは余裕の表情、輝久は息をハァハァ切らしながら。強面《こわもて》の主人が、笑顔を見せた。

「クローゼ、ありがとな！　そこのあんちゃんも助かるよ！」

「あ、いや……」

重い荷物を運んだせいで腰や腕が痛かったが、店主の笑顔を見たらそんなことは吹き飛んでしまった。クローゼが店主を肘で突く。

「バッカ！　あんちゃんじゃねえ！　勇者様だ、勇者様！」

「そ、そうなのか⁉　そりゃあ、すまなかった‼」

店主が輝久に頭を下げると、クローゼは快活に笑う。輝久も笑いながら、クローゼの横顔をちらりと見た。

（ガサツだと思ってたけど……いや実際、ガサツなんだけど……クローゼって、こういうところもあるんだな）

「テル！　じゃあ次、あの店、手伝ってやるか！」

「ああ、そうだな」

次の店は年配のおばさんが仕切っているようだった。おばさんが運べない重い荷物や食材を、先程のようにクローゼと一緒に運ぶ。

「二人共、ありがとうねえ」

あらかた荷物を運び終えた後、おばさんは頭を下げた。感謝されて嬉しかったが、疲れが溜まったせいで輝久は中腰になってしまう。

「ちっと休憩すっか、テル！」

不意にクローゼが言った。

二人で隣り合わせになって、出店の間にできたスペースにあぐらを掻いて座る。汗を伝う顔を、パタパタと手で扇《あお》ぎながらクローゼが言う。

「悪りぃな、勇者にこんなことさせちまって！」

輝久は無言で首を振る。疲れてはいたが、気分は爽快だった。クローゼが照れたように笑う。

「アタシって根っからの裏方根性だからさ！　華やかじゃねえだろ！」

「いや、良いと思う」

輝久は額の汗を手で拭いながら言う。

「クローゼの気持ち、ちょっとだけ分かったよ。俺も準備してる方が楽しいかも」

荷物運びは辛いが、皆が喜ぶのを見ると不思議と疲れが消えていく。

(『楽しませる側に回る』か。うん。悪くないな)

少しクローゼと打ち解けた気がして、輝久はクローゼに微笑んだ。クローゼもニカッと口を三日月にして「そうか、そうか！」と笑った後で、

「じゃあ、結婚すっか！」

「色々すっ飛ばしすぎじゃない!?」

輝久が仰天して叫ぶと、クローゼは大声で笑った。

「アタシ、面倒くさいのは嫌いなんだよ！　ってか、結婚は流石に冗談だって！　本気にすんなよ！　ハーーーッハハハハ！」

笑いながらバンバンと背中を叩かれる。クローゼは力が強く、リアルに痛い。

「痛《い》ってえってば！　やめろ！」

「じゃあ、乳でも揉むか？」

「何でだよ!!　さっきから『じゃあ』の意味、分からんし!!」

「ちぇっ」

するとクローゼは、本当に残念そうに口をすぼませた。

（やっぱよく分かんねえ、クローゼは！）

輝久はジト目でクローゼを見やる。顔の下にある巨乳の谷間に汗が幾筋も落ちていた。

（ほ、ホント大きいな。そりゃ、俺だって触ってみたいよ？　でも実際、触ったら「引っかかったな、変態勇者！」とか言われたり……？　うーん、考えすぎか？）

さっきツッコまずに素直に触っていたら、どうなったんだろう。もしかして、今から触っても間に合うのか……などと、輝久が不純なことを考えていた時——。

遠くの空が光った。

「あん？　雷か？」

クローゼが目を細めて、空を睨んだ。嫌な予感が、輝久の背中の辺りをぞわぞわと這い上がってくる。

（まさか……！）

立ち上がった輝久の近くを、ソブラの人々が話しながら通り過ぎていく。

「今、光ったよな。雨でも降るのか？」

「明日の武芸大会、大丈夫かなあ？」

呆然として立ちすくむ輝久の肩を、クローゼがポンと叩いた。

「気にすることたねえ！　雷は随分遠くだったし、雨なんか降らねえよ！」

「いや！　アレは雷じゃない！　アレはきっと……！」

居ても立ってもいられず、輝久は駆け出した。後ろからクローゼが叫ぶ。

「お、おい!?　どこ行くんだよ、テル!?」

「ごめん、クローゼ！　戻ったら続き、手伝うから！」

そう言って輝久は一人、空が光った方へ走る。確信に近い予感があった。

アレはきっと、ガガやボルベゾのような敵がアルヴァーナに出現したということだ。


しばらく走って、輝久はソブラの下町エリアまで辿り着いた。バーのような飲み屋が林立している通りである。夜は賑わうのだろうが、今、通行人はほとんどいない。

数分、走っただけなのに、激しい息切れがして輝久は膝に手を当てた。自らの体力のなさを痛感すると同時に、ふと冷静になる。

クローゼが言ったように、光はボルベゾの時より更に遠かったように思う。走って辿り着ける距離ではないだろう。

（それに、行ったところでどうすんだよ！　マキもいないのに！）

ガガやボルベゾ級の敵が現れたとすれば、輝久一人ではどうしようもない。焦っていたとはいえ、自分のバカさ加減に呆れる。

とりあえず、マキに知らせる為に引き返そうとした瞬間、輝久の視界に白ヒゲの老人が映った。

「あっ！　あの爺さん！」

老人は一人、静かに空を眺めていた。先程、光った空の方角を。

（つーか、ジエンドの力でこの地域までワープしてきたのに、どうしてここにいるんだ？）

本来、ソブラは陸路と海路を合わせれば、プルト城から一週間は掛かる場所である。

そんな疑問が輝久の脳裏を過ったが、それでも今は老人の確保が先決だと思った。

そうだ！　捕まえてから色々、聞けばいい！

そろりと輝久は老人の背後に近付く。気配に気付き、老人が振り返った時には、既に輝久は老人の両肩を掴んでいた。

「ようやく捕まえたぞ、一言ジジィ！」

その刹那、皺だらけで仙人のような老人が恐ろしい形相で叫んだ。

「ワシに触れるなあああああああああ!!」

「ええええっ!?　もう触れちまったけど!?」

咄嗟に輝久は手を離す。だが、老人は頭を抱えて叫び続ける。

「うおおおおおおおおお!!」

「わあああああ!?　何だか、ごめんなさい!!」

あまりの老人の取り乱しように、輝久は思わず謝ってしまう。老人は自らの体をまじまじと眺めたり、輝久の顔を覗き込んだりしていたが、やがて落ち着いた様子に戻った。

「むう。何も起こらんな……」

「お、驚かすなよ、一言ジジイ！」

「ヒトコト？　何じゃ、それは？」

「アンタだよ！　いっつも一言、言って消えるだろ！」

少し首を捻った老人は「ほっほっほ」と楽しげに笑い出した。

「ワシはそんな呼び方をされているのか！」

そして輝久の肩に、親しげに手を載せてきた。

「叫んですまなかったな。お前との接触を危惧していたのだ。だが、触れられて分かった。どうやらお前と一緒に居ても、世界に歪みは起きないらしい」

「はぁ？」

笑顔の老人は空を見上げて、皺だらけの表情を引き締める。

「東の空が光ったのを見たか？　新たな覇王がアルヴァーナに降臨した」

「覇王って……やっぱりか！」

「暴虐の覇王サムルトーザが、トランポト荒野に降り立った。ソブラからは距離があることと、あの付近は人間が少ないのが幸いだ。だが、悪い賽《さい》の目には違いない」

「暴虐の覇王サムルトーザ？」

「覇王の中でも最強の部類。それでも、奴を倒さねば未来はあるまい。位置から判断して、サムルトーザのソブラ到達は明日の正午といったところだ」

「どうして、そんなことまで分かるんだよ？　この際、アンタの知ってること、全部吐いてもらうからな！」

「知らない方が良いこともある」

「何だよ、それ！」

饒舌に話していた老人は首を横に振る。だが、そのすぐ後で輝久に視線を向けた。

「だが、そうだな。知っておいた方が良いこともまたあるだろう」

ギョロリとした目を向けたまま、皺だらけの老人は輝久に迫ってきた。

「お、おい!?」

マキは以前、この老人から邪悪なオーラは感じないと言っていた。だが、ぶつかりそうなくらいの距離まで近寄ってくる老人に、輝久は少なからず恐怖を感じる。

「勝率を少しでも高める為に、ワシがお前にできるのはこんなことくらいしかない」

「うわわわっ!?」

老人とぶつかる——と輝久は思った。だが、迫ってきた老人は、輝久の体を透過して消えてしまった。

（何だ!?　どこに行った!?）

辺りを見渡すが、老人の姿はどこにもない。そして次の瞬間、急激な立ちくらみが輝久を襲う。

「うっ……く……」

輝久はその場に崩れ落ちる。意識が朦朧《もうろう》とし、何も考えられなくなり……そして、輝久は落ちていく。

終わりの知れない悪夢の世界に――。

第33章　天動地蛇の円環《クリカエスセカイ》――空撃の魔剣ゼフュロイ

事故死した草場輝久が、光の女神ティアと出会った後、最初にスポーンしたのはアルヴァーナにある武芸都市ソブラだった。

異世界アルヴァーナに来たばかりの輝久は、キョロキョロと周囲を窺う。高級そうな装備をまとった者や、屈強な戦士達が往来を行き交っている。

「な、なぁ、ティア。最初の町にしちゃあ、やけに物々しいけど……？」

「アルヴァーナは超簡単な世界だから。定石とは違うけど、中盤からでもＯＫかなって」

「ええっ⁉　俺、いきなり中盤スタートなの⁉」

「うん。ついでに言うとね。ホントは此処に来るまでに、ヒーラーの仲間を連れてる予定だったんだけど……ま、こんな世界だから、別に良いかなって！」

「適当……！」

「だって、その方が早く攻略できるじゃない？　テルも早く日本に帰れるわよ！」

輝久はティアの美しい横顔を眺めながら、サバサバしてるなぁ、と思った。だが、輝久としても、元の世界にすぐに戻れるならば願ったり叶ったりである。なので、輝久は従順にティアの後に付いていった。

中世のコロシアムのような巨大な建造物の前でティアは立ち止まる。

「此処で仲間が一気に二人、見つかるようね。職業は戦士と魔法使いよ」

ベテラン女神の貫禄を漂わせながら、ティアはコロシアムの中に入っていった。


「……ハッハッハ！　いきなり、ソブラに来るとはチャレンジャーだな！　テル！　アタシがお前の初めての仲間だ！」

ティアが事情を語ると、赤毛の女戦士クローゼはそう言って豪快に笑った。ティアが輝久の耳元、小声で言う。

「ちょっとガサツっぽいけど良い子そうじゃない？」

「ま、まぁね」

くびれた腰にJカップはあろうかという超巨乳。露出の高いクローゼの装備が直視できずに、輝久は目を逸らす。

そんな輝久に、ニヤニヤと笑いながらクローゼはにじり寄った。

「ホントに勇者かよ？　女みてーに細っせえな！　チンコ付いてんのかあ？」

「いや、ちょっとどころじゃない程ガサツじゃない!?」

輝久が叫ぶのと、兄のユアンがクローゼを窘めるのは同時だった。

「い、妹がごめん！　僕はユアン！　テル、これからよろしく！」

「あ、ああ」

輝久は魔法使いユアンと握手を交わした後、鼻歌交じりのクローゼを呆れた顔で見ながら独りごちる。

「最低難度の、ほのぼの異世界じゃないのかよ？」

輝久の狼狽振りに、ティアがクスッと笑った。

「どこの世界にだって、エッチなキャラくらいいるわよ。……見てて」

ティアはクローゼに近付き、世間話でもするような体で尋ねる。

「クローゼ。アナタ、性交はしたことあるの？」

「あん、性交？　性交って……はああっ⁉　えええええっ⁉」

途端、クローゼは動揺しまくり、顔を真っ赤に染めた。

「ホラ、処女みたいよ。ほのぼの異世界なんだから、エロいって言っても所詮こんなものよ」

そう言ってクスクスと笑うティア。クローゼが顔を赤らめたまま、ティアに叫ぶ。

「女神がそんなヤラしいこと言って良いのかよっ！」

「生殖行為はいやらしくなんかないわ。神が与えた子孫繁栄の御業《みわざ》よ」

「け、け、けどさあ！」

「あははは！　クローゼがこんなに慌てるのは初めて見たよ！」

ユアンが笑う。輝久も何だかおかしくなって釣られるように笑った。クローゼがティアを睨む。

「感じの悪りぃ女神だな！」

「あら。じゃあ仲間になるの、やめる？」

「アタシはガーディアンだっ！　命を懸けてテルを守る使命がある！」

「命を懸けて、ねえ。この世界でそんな一大事、起きないと思うけど」

ティアの態度に、クローゼは溜まりかねたように赤毛をボリボリと掻きむしった。その後、輝久にズカズカと歩み寄る。

「あーっ、もう腹立つ！　行こうぜ、テル！」

「い、行くって、どこに!?」

「気分転換に最高の場所だ！」

戸惑う輝久の手をぐいと掴んで、クローゼはニカッと笑う。

「テルは良いタイミングで来たよ！　今日は武芸大会！　お祭りの日さ！」


輝久の眼前で武芸大会の参加者達は、傘を回したり、火を吐いたりと、各々の特技を見せる。

円形闘技場の観覧席。テルの隣にはクローゼ、ユアンとティアが横一列に座っていた。ユアンとクローゼのお陰で特等席のような、かぶりつきの場所で演技を観覧することができた。

強者を決める大会ではないと聞いてガッカリした輝久だが、サーカスや奇術ショーだと割り切って見れば、それなりに面白い。

「すっげ、あの人。剣、呑み込んでる……」

「ああ！　アイツ、前回の優勝者なんだ！　強敵だぜ！」

後程クローゼも大会に参加するらしく、真剣に各参加者の演技を眺めていたが、輝久が興味津々《きょうみしんしん》だと知ってニカッと笑う。

「テルが楽しんでくれて嬉しいよ！」

「わっ!?」

急にクローゼが腕を組んできた。大きな胸の感触が伝わり、戸惑う輝久。

そんなクローゼに気を取られていたせいで、輝久は闘技場がざわついていることにしばらく気付かなかった。

「……あん？　何だ、アイツ？」

クローゼが先に気付いて、視線を前方に向ける。司会のピエロが困った顔で叫んでいた。

「困るよ、お客さん！　飛び入り参加は禁止だって！」

どうやら演技中に、着物の男が割り込んできたようだ。司会のピエロが眉間に皺を寄せている。

「ちゃんとエントリーしたのかい？　アンタ、名前は？」

「名前？　名前か。そうだな……」

低い声で呟くように言った後、男は背中の鞘から一本の剣を抜いた。

「戴天王界覇王――暴虐のサムルトーザ」

「……は？」と言ったピエロの首は上下逆さま。切断面から鮮血を撒き散らしながら、頭部が宙を舞っている。

首から多量の血液を噴出させたピエロの胴体を見て、観客席にいた女性から悲鳴が上がる。だが、同時に呑気な声も聞こえた。

「演出だろ？」

「きっと手品だ」

ほのぼの世界ならではの反応だろうか。この状況を理解できず、そんなことを呟く者達が半数だった。

騒々しくなった闘技場中央。サムルトーザは、懐から取り出した古めかしい懐中時計のような物を見た後、観客席をぐるりと一望し「チッ」と舌打ちする。

「このどこかには居るみてえだが……面倒くせえ。減らすか」

サムルトーザは持っていた剣を器用に背の鞘に仕舞うと、新たに別の剣を引き抜く。途端、サムルトーザの周囲から、突風が巻き起こった。剣から発生した風が、輝久達の髪を揺らす。

サムルトーザは、その剣を闘技場の石畳に難なく突き刺した。

「いいか。標的は此処に集まったクソカス共だ」

まるで剣に語りかけるように言う。すると、不可思議なことが起こった。

突き刺された剣の両隣に、同じように地面に突き刺された剣が出現した。まるでコピー&ペーストであった。

サムルトーザの周りを円を描くようにして無数の剣が広がっていく。

「な、何だよ、ありゃあ……」

クローゼが呟いた時には、数百はあろうかという剣が、サムルトーザの周りの闘技場の石畳に突き立てられていた。

サムルトーザの顔が邪悪に歪む。

「喰らえ……邪技の壱《いち》『飛追《ひつい》』！」

多数の剣が、ふわりと宙に浮かぶ。

まさに奇術のようで、歓声を上げる者や拍手をする者もいたが、次の瞬間、彼らの顔は絶望に染まる。浮かんだ剣が凄まじい速度で観客席に飛来したからだ。

「ひははは！　存分に味わってくれよ！　空撃の魔剣ゼフュロイの威力を！」

サムルトーザの笑い声が円形闘技場に響く。観客席は既に阿鼻叫喚の巷だった。

飛翔する剣に、正面から心臓を突き刺される者。頭部を貫通される者。部位は違えど、皆、人体の急所に剣が刺さって死んでいく。迫り来る剣を見て、悲鳴を上げて逃げようとした者にも、剣は軌道を変えて背後から突き刺さった。

ユアンの隣で、戦慄したティアの声が輝久の耳に届く。

「な、何よ、あの剣は!!　観客一人一人を追尾してる!?」

ティアの言った通り、まるで剣一本一本が意思を持っているかのようだった。輝久も動揺して声を震わせる。

「ど、どうなってんだよ、ティア!?」

「分からない！　難度F世界でこんな殺戮が起こるなんて！」

先程までの楽しげな祭りの雰囲気が嘘のよう。ユアンもクローゼも言葉を失っていた。ティアは「くっ！」と小さく唸ると、地面に光の魔法陣を描こうとする。

「神界に連絡するわ！」

だが、魔法陣はティアが描いた傍から消えていく。ティアの顔がより一層、青ざめた。

「……無駄だ。『天動地蛇《てんどうちじゃ》の円環《えんかん》』が動いてっからな」

不気味な声が聞こえて、ティアはゆっくりと前方を見る。懐中時計のような物を持ったサムルトーザが、にやりと口を歪めて笑っていた。

「見つけたぜ。光の女神」

ティアは咄嗟に光の魔法を発動しようと、サムルトーザに手をかざす。だが、ティアの細く美しい腕の肘から先が、即座に切り飛ばされている。

「遅《お》せえよ」

片方の口角を上げたまま、サムルトーザは持っていた剣を振り払っていた。腕を無くしたティアの顔が苦痛に染まる。

「ティア！」

輝久は叫ぶが、ティアの苦痛は長くは続かなかった。

いつしか、周囲の観客に突き刺さっていた剣が抜けて、ティアの周囲を浮遊している。そして次の瞬間、観客の血に塗れた数十を超える剣がティアに向けて飛来した。ドスドスと肉を抉る音が連続して聞こえた。

「あ……あ……！」

輝久は絶句する。

ティアの体は、飛来した複数の剣に貫かれていた。四方八方から剣に体を貫かれ、ティアの姿はもはや窺い知れない。ただ突き刺さった剣の間から、赤い血がドクドクと流れて、それが輝久の足元にまで伝わってきた。

「女神の殺害完了。後は楽しく遊ぼうか」

「ひっ……！」

蛇に睨まれた蛙のような輝久。今、輝久の心に充満していたのは、ティアを失った悲しみではなく、恐怖から来る怒りだった。

「い、いきなり中盤までスルーしたからだ！　あのバカ女神！」

だから突然、こんな強敵が現れたに違いない。輝久はそう考えていた。

ユアンとクローゼが輝久をかばうように、サムルトーザの間に立ちふさがる。

「テル！　僕らに任せて！」

ユアンの周りには既に火球が十数個、浮遊していた。クローゼが大剣を抜いて構える。

「ガーディアンの使命だからよ！　テルはアタシが守る！」

「よ、よし！　頼んだぞ！　ユアン、クローゼ！」

二人に守られ、輝久の方からはサムルトーザの様子が分からない。やがて、肉に刃を連続して突き立てた音が聞こえ、輝久はクローゼの背中を眺める。

「クローゼ……？」

数本の剣がクローゼの体を貫通していた。ゆっくりとクローゼが地に伏せる。目を見開いたまま、クローゼは絶命していた。

同時に、何かが倒れる音。輝久が視線を向けると、ユアンも同じように体を剣で貫かれて地に伏している。

「ひははは！　たわいねえ！　後はてめえ一人だな！」

サムルトーザの笑い声を聞きながら、輝久はガタガタと震えていた。激しい動揺と恐怖は先程同様、怒りの感情へと変化する。

何も考えず中盤までスルーした浅慮《せんりょ》な女神に、口先だけの弱い仲間——輝久は倒れたユアンとクローゼの亡骸《なきがら》を見ながら、吐き捨てるように言う。

「何だよ、コイツら！　何がガーディアンだよ！　全然ダメじゃねーかよ！」

激怒する輝久を見て、サムルトーザが目を細めて笑っていた。

「お前、勇者だろ？　仲間がやられてムカついてんじゃねえのか？」

「な、仲間って言うか、さっき会ったばかりで！　ってか、俺この世界に来たばっかりで！　こ、これは何かの間違いなんだ！　難度Fのほのぼの世界だって聞いてたし！」

「そうか。仕方ねえな。女神は殺したし、もういいぜ」

「えっ？」

「行けよ」

サムルトーザの言葉を疑いもせず、輝久は助かったとばかりに背を向けて走り出す。だが、数歩進んだ時、背中から鈍い音が聞こえて、輝久の腹部が熱くなった。

「あ、あれ……？」

輝久の腹から、血に濡れた剣の先端が覗いていた。そのまま、輝久は前のめりに倒れる。

「逃がす訳ねえだろ、バカが！　ひひははは！」

血だまりの上にくずおれた輝久の耳にサムルトーザの冷笑が聞こえた。サムルトーザは倒れた輝久を見下ろす。

「ざまあねえな。このクソカスが」

「痛てえ……痛てえよ……畜生、畜生……！」

生まれて初めて味わう激痛に輝久は涙を零した。しばらく輝久を楽しげに見下ろしていたサムルトーザだったが、やがて興味を無くしたのか、遠ざかっていった。

「誰か……誰か、助けてくれよ……！」

血だまりで一人、悶絶する輝久の脳裏にふと、ティアの言葉が思い起こされる。

『ホントは此処に来るまでに、ヒーラーの仲間を連れてる予定だったんだけど』

「そうだ……ヒーラーだ……！」

意識が急速に薄れていく中、怨念にも似た思いで輝久は呟く。

「クソっ、クソがっ！　ヒーラーがいれば……！」

それが輝久の最後の言葉だった。

第4893章　天動地蛇《クリカエスセカイ》の円環──腰の双剣『壊のシヴァル』『絶死タナトシア』

「よろしくお願いしますです！」

プルト城の王女ネィムが明るい声を出す。光の女神ティアが、ネィムの小さな肩に優しく手を載せた。

「ネィムはヒーラーなの。仲良くしてあげてね」

輝久は少し緊張しつつ、ユアンとクローゼの顔を見やる。

つい先程、出会ったばかりの新しい仲間だ。上手くやっていけるのだろうか、という輝久の不安は杞憂《きゆう》。ユアンもクローゼもネィムを見て、親しげに微笑んだ。

「ネィムは妹みてえで可愛いな！」

「僕はユアン。よろしくね、ネィム」

「はいです！　こちらこそよろしくお願いしますです！」

それなりに会話して皆が打ち解けた後、クローゼが輝久の手を引いた。

強引なクローゼに驚きつつも、輝久は武芸都市ソブラを案内される。ソブラの大通りは、意外にも閑散《かんさん》としていた。

「数日前に武芸大会があったんだ！　テルと一緒に回れなくて残念だよ！」

「そうなんだ。ちょっと見たかったかも」

祭りの後だから、通りに人が少ないのかもしれないと輝久は思った。ユアンが顎に手を当てて武芸大会を回想する。

「本当に凄かったよね！　今回の優勝者！」

「ああ！　前回に続き、V2を達成しやがった！　今回は剣を三本も呑み込んだんだ！」

「け、剣を!?　凄いのです!!　ネイムも見てみたかったのです!!」

輝久達はそんなたわいのない会話で盛り上がりながら、ソブラを散策していた。

ソブラは武芸都市であり、奇抜な格好や独特な格好をした者達が歩いている。だから——。

だから、着物の男が輝久の真横を通り過ぎて、ティアに向かったことに注意を払う者など誰もいなかった。

「……かひゅ」

掠れたティアの声が聞こえて、輝久は後ろを振り返る。

「え……？」

ティアは首から血を流して倒れていた。目を大きく見開いたまま、ビクビクと体を痙攣させている。傍には血に濡れた剣を持った着物の男が居て、哄笑していた。

「ひははははは！　まずは女神！」

「ティ、ティア!?　嘘だろ!?」

「下がってろ、テル！」

ティアが殺害されて動揺する輝久の肩を、クローゼがぐいと引いた。輝久の前にはクローゼ。怯えて震えるネィムの前には、ユアンがかばうように立ちはだかる。

着物の男——覇王サムルトーザは自らのこめかみを押さえながら、口元を歪めていた。

「てめえら見つけるのに随分、手間取っちまった。こめかみの辺り、ビキビキきてっからよー。楽に死ねると思うなよ？」

言いながらサムルトーザは腰の剣を抜く。それはフェンシングで使用するような細身の剣で、先端が針のように尖っていた。

「邪技の弐《に》！『破戒《はかい》』！」

刹那、サムルトーザの姿が輝久の視界から消えた。砂利を踏む足音が聞こえ、輝久は振り返る。サムルトーザはいつの間にか輝久達を通り過ぎていた。

「……っ？」

輝久は軽い痛みを感じて、自らの両腕を見る。鎧で防御しきれていない部分に赤い斑点《はんてん》が数カ所、浮き出ていた。

「ユアンさん！」

ネィムの声が響き、輝久はユアンの方を窺う。ユアンの全身には、輝久よりも多い数の斑点が浮き出ている。

「ね、ネィムをかばってくれたのです！」

泣き声で言う。ハッと気付いて輝久はクローゼを見た。クローゼにもユアンと同じ大量の斑点が。

輝久の前に立っていたせいで激しい攻撃を受けてしまったようだが、クローゼは笑顔で輝久に親指を立てる。

「たいしたことねえ！　掠り傷だ！　アイツ、素早いが非力だぜ！」

「そ、そうか！　かばってくれてありがとな、クローゼ！」

しかし、輝久が感謝を伝えた途端、クローゼの体中の斑点から血液が溢れ出た。思い切り蛇口を捻ったように、小さな傷痕から大量に出血する。

「な、何だ、こりゃあ……血が止まらねえ……？」

「ひはははははは！　誰が非力だって？　バカ女！」

サムルトーザが嗤う。

唸り声が聞こえて、輝久はユアンの方を見た。ユアンの全身からも、小さな傷口に見合わない激しい出血があった。

「うう……っ！」

輝久は怯えながら着物の男を見る。トドメを刺しに来ると思ったからだ。だが、サムルトーザは余裕の表情で剣を肩にトントンと載せ、この状況を楽しんでいるようだった。

「壊の剣シヴァルから繰り出す『破戒』でできた傷は回復不能だ。出血多量で、ゆっくり死んでくれよ」

「か、回復不能？　何だよ、それ……！」

輝久は呟くように言う。輝久の体の斑点からも出血が始まっていた。時間が経つごとに、勢いよく血液が噴出する。手で押さえて止血しようにも、指の隙間から血液が溢れ出る。

「ぐっ！」と唸り、絶望する輝久を見て、サムルトーザは口を三日月にして嗤った。

「けどまぁ、そうだな。優秀なヒーラーがいりゃあ、出血を止められるかもしれないぜ？」

咄嗟に、輝久はネィムに視線を向ける。

「ネィム！　回復魔法だ！」

「わ、分かりましたです！　で、でも誰を最初に……？」

既にユアンは激しい全身の出血により、地面にくずおれていた。息も絶え絶えなユアン。それでも最後の力を振り絞るように言う。

「僕より先に……クローゼを助けてやって……たった一人の妹なんだ……」

「あ、あの……っ！　ネィムはどうしたら……？」

助けを求めるように、ネィムは輝久に視線を向けていた。クローゼもユアンもどちらも重傷である。一方を治癒するということは、つまり、もう片方を見捨てることと同義であり、優しいネィムは判断ができなかったのだ。

「オラオラ。さっさと決めろよ。どっちも死んじまうぜ？」

輝久は焦っていた。自分だって出血がある。輝久自身も早くネィムに治してもらわねばならない。

輝久はアタフタと戸惑うネィムに叫ぶ。

「何してんだよ！　ユアンが言ったろ！　まずはクローゼからだ！」

「は、はいです！」

ネィムにも無論、出血はあった。それでもネィムは、自分のことなど忘れたかのように一目散にクローゼに向かう。

そして、ネィムは治癒魔法を発動。淡い光を放つ両手をクローゼに向ける。

だが、出血は止まらない。多量の出血で意識を失っているクローゼの体から、勢いよく噴出し続ける。ネィムの背後から輝久が、けしかけるように言う。

「もっとだ！　もっと、治癒の力を強くしろ！」

「こ、これ以上はできないのです……ごめんなさいです……」

ネィムは目に涙を溜めて謝っていた。その様子に、輝久の怒りはより一層、強くなる。

「お前、ヒーラーだろ！　何やってんだよ！　全然、使えねえじゃんか！」

「許してくださいです……許してくださいです……！」

輝久は舌打ちして、ユアンを振り返る。体の血液の半分以上が溢れ出た大きな血だまりの中、ユアンはもうピクリとも動いていなかった。

「ユ、ユアン……！」

ユアンの死は、輝久の焦りに拍車を掛ける。このままでは、自分も死んでしまう！　出血多量で、惨めに地に伏せたまま……！

「ごめんなさいです、ごめんなさいです」

「だから、謝る暇があったら、もっと治癒の力を出せってんだよ!!」

輝久に怒声をぶつけられて、ネィムは更に泣きじゃくる。その時——。

「……やめてやれ、テル」

出血で一時的に気を失っていたクローゼが、意識を取り戻した。クローゼは自分に向けて治癒魔法を施しているネィムの小さな頭を優しく撫でる。

「ネィムは一生懸命やってる」

サムルトーザが笑い声を上げげた。

「ひははは！　それでよく勇者のパーティやってんなあ、ド三流ヒーラー！　てめえクラスなんぞ、世界にゃ掃いて捨てる程いるぜ！」

サムルトーザの言葉に震えるネィム。クローゼは血塗れのまま、ネィムの頭に手を当てて、ニカッと笑った。

「気にすんな、ネィム」

そして、打って変わって獰猛《どうもう》な目をサムルトーザに向ける。

「世界に掃いて捨てる程いるだと？　怪我してる仲間の為に涙を流せる——こんな優しいヒーラー、ネィム一人しかいねえよ！」

「ほう。一人しかいねえんだ？」

サムルトーザはネィムに歩み寄りながら、腰からもう一対の剣を抜く。黒い刀身の剣を見て、クローゼの顔が青ざめた。

「て、てめえ……何を？」

「魔剣、絶死タナトシア——そして、邪技の参《さん》！　『必絶殺《ひつぜつさつ》』！」

サムルトーザは黒い剣を、治癒魔法を発動しているネィムの背中に突き付けた。

瞬時に、ネィムの全身はブロック状に細かく分解される。そして——空気に溶けるように飛散した。

「ネィム……！」

クローゼが愕然と呟く。ネィムは叫び声を上げる間もなく、この世から消失してしまった。サムルトーザが狂ったように笑う。

「ひひははははは！　一人しかいねえ大事なヒーラーが消えちまったなあああ！」

「この……クソ野郎……！」

目を血走らせてサムルトーザを睨むクローゼ。だが、そんなクローゼに斬り掛かることなく、サムルトーザはただ剣を肩に載せて見物していた。

「てめえらは、じきに出血多量で死ぬ。死に際はどんな哀れな顔を見せてくれんだ？」

輝久はゼェゼェと呼吸を荒くする。

ユアンの死も、ネィムの死も、関係なかった。ただ徐々に自身の血液が失われていく恐怖。死にたくない、死にたくない！　——それだけが輝久の頭の中に充満していた。

やがて体温が失われて、寒くなってくる。死を間近に感じて輝久は叫ぶ。

「ど、どうして俺がこんな目に！　何が神の慈悲だよ！　どこが、ほのぼの世界だよ！　地獄みたいな異世界じゃねえかよ！」

その時、近くで同じようにくずおれていたクローゼが、血だまりの中で口を開いた。

「テル……」

「何だよ！　そんな目で見るんじゃねえよ！　こんな奴が勇者なのかって思ってんだろ！　そうだよ！　俺は勇者なんて名ばかりの――」

怒りと恐怖で絶叫する。すると、クローゼは優しい笑顔で、右手を輝久の方へと伸ばした。

「テル……守れなくてごめんな……」

伸ばした手が力を無くして、血だまりに落ちる。

「……クローゼ？」

輝久が語り掛けても返事はなかった。サムルトーザが片方の口角を上げた。

「随分、粘ったが女も死んだな。後はてめえ一人だ」

瞬間、輝久は体の痛みも死の恐怖も忘れて、クローゼの死に顔を呆然と眺めた。

「何を……やってんだ……俺は……？」

輝久はゆっくりと振り返り、ユアンの亡骸を見た。治癒魔法を発動しながら消滅させられたネイムのことも脳裏を過《よぎ》る。輝久の胸の奥から、死ぬよりずっと辛い悔恨《かいこん》の情が這い上ってくる。

「皆……俺を守って死んで……なのに、俺は仲間に毒づいて……」

手を伸ばす途中で事切れたクローゼに近寄ろうとした。差し出されたクローゼの手をどうしても握りたかった。だが、出血多量で輝久の体は思うように動かせない。

クローゼまで数十センチのところで輝久は動けなくなり、地面に伏した。体の感覚は既に無い。

「クローゼ……ユアン……ネイム……ごめん……ごめん……」

体は動かない。だが、輝久の目からは涙が溢れ、大量の血液と共に地面を濡らした。

朦朧とする意識。いつの間にか、輝久の前にサムルトーザが立っていた。血と涙に塗れてぐしゃぐしゃになった輝久の顔を見て、邪悪な笑みを浮かべる。

「いいねえ。良い面《つら》が最後に拝めて、俺ァ、満足だよ」

そしてサムルトーザは、輝久の頭部に剣を振り下ろした。

第22857章　天動地蛇の円環《クリカエスセカイ》――波動の霊剣《れいけん》アポロバ

その日、輝久はクローゼと二人、ソブラの大通り端にある倉庫内にいた。明日の武芸大会で使う、花飾りの作製を任されたのだ。

「あーーーっ！　アタシ苦手だ、こういうの！」

小一時間程作業して、クローゼは作りかけの花飾りをほっぽり出し、大の字で寝っ転がった。輝久はおかしくなって笑う。

「俺も苦手だよ。やっぱ、ネイムに任せた方が良かったんじゃないかな？」

「ま、そりゃそうなんだけどよ」

薄暗くて物音が聞こえない倉庫の中、クローゼは四つん這いになって輝久に近付く。

「……テルと二人きりに、なりたかったんだよ」

「ク、クローゼ？」

「なぁなぁ。せっかくだからさあ。もうちょっと楽しいことしねえ？」

にやりと笑うと、クローゼは少し吐息を荒くして輝久の耳元で囁いた。

「口付けってしたことあるか？」

「い、いや、あの……！」

「してみようぜ」

クローゼの顔が迫る。その時、倉庫の扉が重い音を立てて開かれた。

「わわっ！」と輝久とクローゼは慌てて同時に離れた。扉の付近に、懐中時計のような物を持った男が佇んでいる。

「ひははは。呑気に乳繰り合ってんなあ」

クローゼの赤面した顔は、男の持っている剣が血に濡れていることに気付いた途端、引き締まった。

男——覇王サムルトーザは平然と言う。

「この町で生き残ってんのは、お前らだけだぜ。外、出てみろよ」

輝久は男が何を言っているのか理解できない。立ち去るサムルトーザの後を追うように、輝久とクローゼは倉庫の外に出た。

「こ、こんな……！」

愕然として輝久は呟く。扉の外は、まさに地獄絵図。ソブラの大通りは無数の死体で溢れかえっていた。心臓、頭部……老若男女、皆、急所に剣が突き刺さって絶命している。

楽しげに周囲を見渡すサムルトーザに、クローゼは震え声で問う。

「あ、兄貴は……⁉」

「二度も言わすな。生き残ってんのはお前らだけだ、って言ったろ」

輝久は呼吸を荒くする。男の言葉が本当なら、ユアン、ネイムも殺されたということになる。もちろん、ティアも。

「嘘吐くんじゃねえっ‼　兄貴が簡単にやられる筈がねえ‼」

叫ぶクローゼ。だが、サムルトーザは無視するかのように、輝久に視線を向けた。

「女神の殺害は完了した。お前は逃がしてやるよ」

にやりと笑う。輝久が動揺していると、クローゼも無理矢理のような笑顔を繕った。

「テル。行きな」

「クローゼ？」

「ネイムも女神も兄貴も、きっと無事だ！　先に行って確認してきてくれよ！」

今、輝久の心は恐怖で満たされていた。サムルトーザから発せられる邪悪なオーラは、奴が言っていることが真実であると輝久に告げている。

そう。女神も仲間も、町の人も、全てこの男に殺された……！

逃げ出したい。だが、ここで自分が逃げれば、間違いなくクローゼも殺される。

「イヤだ……逃げたくない……！」

魂の奥から振り絞るような輝久の言葉に、クローゼが驚いて目を見開く。サムルトーザは、憤怒の表情でこめかみを痙攣させた。

「逃げずに俺と戦うってのか。てめえみてえな虫ケラが！」

邪気がより一層、拡散されたように周囲に広がる。輝久は気持ちだけでもサムルトーザに負けじと、剣を抜いて前に進もうとするが、

「無理すんなって。下がってろ、テル」

クローゼが立ちはだかって、輝久を片手で押しのけた。クローゼの方が力が強く、輝久はよろめく。クローゼは振り返って微笑んだ。

「ガーディアンの使命だからよ！　テルはアタシが守る！」

サムルトーザが「フン」と鼻を鳴らす。そして、闘技場の背後に沈みゆく夕日を顎でしゃくった。

「どの道、誰も生かすつもりはなかったが……女ァ。ガーディアンと言ったな。あの太陽が消えるまでお前が持ち堪えられたら、勇者だけは本当に見逃してやる」

輝久とクローゼは視線を赤い太陽に向ける。

円形闘技場の上部――すり鉢状の観客席に半分隠れるようにして、太陽は沈みかけていた。サムルトーザが笑う。

「なぁに。厠《かわや》に行って戻ってくるくれえの短い時間だ」

「上等だ、このクソ野郎！」

クローゼが大剣を抜いて構える。サムルトーザもまた、腕を背に伸ばす。そして背の鞘から一本の剣を引き抜いた。

それは奇妙な剣だった。刀身が、ぼんやりと霞《かす》んでいて視認できない。

対峙するクローゼとサムルトーザを見て、輝久の心の中は不吉な予感で満たされていた。ダメだ！　戦えば、きっとクローゼは殺される！

「クローゼ！　逃げてくれ！」

居ても立ってもいられずに叫ぶと、クローゼはニカッと笑う。

「大丈夫だ、テル」

「アイツは危険だ！　このままじゃ――」

殺される――その言葉を言えば、現実になってしまいそうで逡巡する輝久。クローゼは全てを悟ったような諦観の表情を見せる。

「いいんだよ」

「いいって、何が!?」

「ガーディアンの使命だからってんじゃなくてさ。上手く言えねえけど、初めて見た時から気になってたんだ。一目惚れってやつかなあ。だからテルを守れて死ぬんならアタシ、嬉しいんだよ」

サムルトーザが「フン」と鼻を鳴らす。

「覚悟はできてるみてえだな。それじゃあ、味わってくれよ。波動の霊剣アポロバの威力を」

そしてサムルトーザは、刀身が霞む剣を後ろに引くようにして構えた。

「邪技の肆《し》！　『気先《きせん》』！」

刹那、眼前の空間を演舞のようにして切り裂く。

空白の如き、一瞬の沈黙。やがて、ポトポトと何かが連続して地面に落ちる音がした。

「な……っ？」

クローゼが驚愕して言葉を発する。輝久はそんなクローゼを見て——絶句する。クローゼの左手の指が全て無くなっていた。

クローゼは呼吸を乱しながら、斬られた左手を見詰める。指一本一本の傷口の断面が見えているが、不思議なことに出血はない。クローゼが呻く。

「い、一体……いつ斬りやがった……？」

「ひははは」と嗤いながら、サムルトーザはまたも眼前の空間を切り裂いた。少し遅れて、今度はクローゼの左手の肘から先が、血液の噴出なく、斬り飛ばされて落下する。ぜぇぜぇと呼吸を荒くしつつ、クローゼは周囲を窺った。

「ど、どこから、攻撃が来やがるんだ……？」

「ひひははは！　てめえの理解をこえる不可視の斬撃！　これ以上ない恐怖と屈辱だろ！」

サムルトーザを睨み付けるクローゼに輝久は懇願する。

「クローゼ！　お願いだ！　逃げてくれ！」

しかし、左腕を無くしても、クローゼは輝久をかばうようにサムルトーザとの間に立ち塞がり、大剣を右手で盾のように構えた。

「テルこそ逃げてくれよ。あの野郎の言うことは全く信用できねえ。もしアタシが日没まで耐えても、きっとテルを襲う」

「クローゼが逃げないなら俺も逃げない！」

「バカ野郎!!　早く行けって言ってんだろ!!」

クローゼが輝久に初めて見せた、憤怒の表情と怒号。それでも輝久は引かずに声を振り絞る。

「イヤだ……！　仲間は絶対に見捨てない……！」

自分で言いながら、輝久は不思議に思う。

クローゼにユアン、ネィムと会ってから、たいした日にちは経っていない。それでもまるで長い時を一緒に過ごした家族のように輝久は感じていた。

目に涙をいっぱいに溜めて、クローゼは言う。

「何で……逃げねえんだよ。ばか……」

その瞬間、クローゼは体勢を崩した。サムルトーザの見えない斬撃により、クローゼの右足首が斬り飛ばされたのだ。

「クローゼ！」

輝久は動けなくなったクローゼの前に駆け付けると、逆にかばうように両手を広げた。だが「ぐあっ」とクローゼが叫ぶ。振り返ると、グリップに右手の指が残ったままの大剣が地に落ちている。更に、右腕の肘から先も弾け飛ぶ。

「もう片方の足もいっとくか」

左足首も斬り飛ばされ、クローゼは完全に行動不能となって地面に這いつくばった。

「やめろ……もう、やめてくれ……」

サムルトーザに対して、懇願するように輝久は言う。それでもサムルトーザは、霊剣アポロバを縦横無尽に振るった。まるで、立ち塞がる輝久の体を刃が透過するように、背後のクローゼが斬り刻まれていく。

「おいおい。まだ太陽は沈んでねえぞ？」

サムルトーザが言った。もはや、背後からは、クローゼの声も呼吸も聞こえなかった。

恐ろしい予感が輝久の全身に纏わり付く。輝久はゆっくりと背後を振り返る。

「ああ……あああああああ!!」

輝久は絶叫した。クローゼの首が胴体から離れて、地面を転がっていた。

「クローゼ！　クローゼ！」

跪いて泣き叫ぶ輝久を、サムルトーザはつまらないものを見るような目で眺めていた。

「女一人、守れずに泣いてやがる。贄の勇者とは、よく言ったもんだ。てめえはゴミ以下の塵芥《ちりあくた》だな」

サムルトーザはクローゼの生首を、髪の毛を掴んで拾うと、輝久の目前で掲げて見せた。

「なぁ。お前ら、相思相愛だったんだろ？　さっき、口付けしようとしてたもんなあ？」

サムルトーザはクローゼの頭部を、嗚咽の止まらない輝久の顔に押し付ける。

「最後に口付けしてやれよ？」

そして、クローゼの頭部を鈍器のように輝久の顔面に叩き付けた。

「オラオラ！　しっかり、口吸ってやれよ！」

ゴッ、ゴッと。骨と骨のぶつかる鈍い音が響く。サムルトーザはクローゼの頭部で輝久の顔面を殴打し続けた。

暴虐の覇王の凄まじい膂力で、クローゼの歯が飛び散り、鼻骨が折れ、両目が潰れる。無論、輝久の顔面もひしゃげて陥没したが、痛覚は既に麻痺《まひ》していた。

自分のことより、美しいクローゼの顔が壊されていく方が輝久は辛かった。

やがて、輝久の両目も潰れて何も見えなくなる。輝久の意識が薄れていく。

「クローゼ……俺も……すぐに行く……から……」

「ひはは！　ひひひははははははははは！」

輝久のか細い声は、サムルトーザの嘲笑に掻き消された。

第九章　幻想と決意

重い瞼を開くと、見知らぬ天井が見えた。古びた窓から夕日が差し込んでいる。

激しい頭痛と共に、ぐわんぐわんと目眩がした。

（此処は一体……？　俺はどうして……？）

痛む頭を押さえつつ、輝久は記憶を辿る。そうだ。外で一言ジジイと話していた。その後、急に意識を失って――。

その時、突然。部屋のドアが開かれて、赤毛の長身女性が入ってくる。

「おっ、良かった！　目が覚めたか！」

胸の大きな女性はにこやかに微笑むと、輝久が寝ているベッドの傍まで来て、まくしたてるように喋る。

「ジュペッゼのオッサンが、テルが倒れてるのを見つけてアタシんちまで運んでくれたんだ！　あっ、ジュペッゼってのは、テルが最初に会ったピエロの……」

（クローゼ……！）

クローゼが話している最中、輝久の脳裏に悪夢の断片が蘇った。

……首だけのクローゼ。

……けたたましく笑う、暴虐の覇王。

「うぐっ！　うっ……ぷ！」

胃液が込み上げてきて、輝久はベッドの横に嘔吐《おうと》する。

「おいおいおいおい！　大丈夫かよ！」

「ご、ごめん」

クローゼは輝久の背中を擦っていたが「ちっと待ってろ」と駆け出すと、手拭いと木桶を持ってきた。クローゼは床にしゃがみ込むと、顔をしかめることもなく、輝久の嘔吐物を拭き取る。

胸がぐっと締め付けられて、輝久はクローゼにもう一度謝る。

「……ごめん」

「ハッハッハ！　ゲロくらい、気にすんなって！　アタシも飲みすぎたら吐くし！」

「違う。違うんだ」

輝久はどうにか起き上がり、ベッドの隣で床を拭くクローゼに近寄ると、頭を垂れた。

「ごめん……クローゼ……ごめん……」

「は、はぁ？」

クローゼが珍しく戸惑った声を出す。輝久は震えながら謝罪し続ける。

「クローゼ……ごめん……ネィム……ユアン……皆ごめん……」

「テル。一体、何があったんだよ？」

真剣なクローゼの声が聞こえて、輝久は顔を上げる。

(何があった……？　夢を見た……ただ、それだけ。それだけの筈……なのに……っ！)

「ううっ！」

輝久は口を手で覆う。強い吐き気がまた込み上げてきた。

「わわわ!?　分かった!!　今は無理すんな!!　とにかく寝てろ!!　なっ!!」

軽々とクローゼに抱っこされて、輝久はベッドに戻される。

「体調が良くなるまで、休んでれば良いから！　何かあったら、いつでも呼びなよ！」

クローゼは明るくそう言って、静かに扉を閉めた。


輝久が再び目を開くと、窓の外はすっかり暗くなっていた。
二、三時間眠って、気分はずっと良くなっている。今回は夢を見ずに熟睡できたからかもしれない。

扉の向こうから楽しそうな話し声が聞こえてくる。クローゼやネィムの笑い声に引き付けられるように、輝久はのそりとベッドから這い出した。

扉を開くと、広い部屋で仲間達が車座《くるまざ》になって喋っている。

「あっ、勇者様!! 大丈夫でしたですか!?」

ネィムが真っ先に心配げな声を掛けてきた。マキも輝久に歩み寄ってくる。

「気分は如何《いかが》デス？ ゲロを盛大にブチまけタと聞きましタ」

「マキちゃん……言い方……！」

ネィムが戸惑った顔を見せるが、輝久としても真実なので言い返せずに顔を赤らめるしかない。

ユアンがクスクスと笑い、クローゼは豪快に笑った。


「……なるほど。もの凄く強い敵に、僕らが殺される夢を見たんだね」

輝久の話を聞いて、ユアンが真面目な顔付きで言った。クローゼがやはり快活に笑う。

「夢は夢だ！ 現実には起こらねえ！ 心配すんなって！」

しかし、ネィムは輝久の顔をチラチラと見つつ、ユアンとクローゼに言う。

「で、でも、勇者様の見る夢には何か意味があるかもしれませんです！ プルト城でも、勇者様が言われた通り、恐ろしいモンスターが現れたのです！」

神妙な顔でボルベゾのことを語っていたネィムは、だが、話の最後に表情を緩めた。

「それでもネィムは安心していますです！ マキちゃんと合体すれば、勇者様はとってもとっても強いのです！」

「合体？　それってエロい意味じゃねえよな？　へへッ！」

「クローゼは黙って」

「冷てえなあ、兄貴！」

「勇者様は、説明の付かない『謎パワー』でモンスターをやっつけて、ネィム達を助けてくれましたです！　ねっ、マキちゃん！」

「ハイ。けれド、テルはいつモ理由が無いト言ってテ怒るのデス」

マキにジト目を向けられて、輝久はぼそりと呟く。

「い、いや、だってさ……」

「つーか、理由なんて、どうでも良くねえかあ？」

クローゼが言った。ユアンも妹の言葉に、こくりと頷く。

「うん。理由なんてなくても、結果、皆が幸せならそれで良いと僕も思う」

「皆が幸せなら……か」

兄妹に言われて、輝久は独りごちた。輝久の暗い顔を見て、クローゼが呆れて笑う。

「全く！　心配性だなあ、テルは！」

そして、クローゼは大きな胸をドンと叩いた。

「大丈夫だって！　何があってもアタシが守ってやるから！」

途端、輝久の心臓はどくんと大きく脈打つ。

何度も夢で聞いた覚えのあるクローゼの台詞に、輝久の胸は張り裂けそうになった。忘れかけていた悪夢の記憶が蘇り、輝久はテーブルを拳で叩く。

「わあっ⁉　いきなりどうした、テル⁉」

「守ってくれたのに！　お前らは必死で俺を守ってくれたのに！　なのに、俺は！」

輝久を守って死んだクローゼとユアンを、弱い仲間だとバカにしたこともあった。泣きながら一生懸命、治癒を施すネィムに怒声をぶつけたこともあった。

自分が許せなくて情けなくて、輝久はもう一度テーブルを激しく叩く。

「ふぇえ！」と怯えるネィム。不思議そうな顔のクローゼ。輝久はハッと正気に戻る。

「また夢の話かい？」

ユアンに聞かれて、無言で頷く輝久。ユアンが優しく微笑む。

「テルが僕達のことを、大切に思ってくれてるってよく分かったよ。だから、もしそんな敵が現れたら、クローゼだけじゃない。僕だって魔法でサポートするよ」

「ネィムも治癒魔法で頑張りますです！」

「……ありがとう」

輝久はパーティメンバーに深く頭を下げる。

「皆、本当にありがとう」

「大袈裟だな、テルは！」

クローゼが笑う。すると、マキが一歩、前に歩み出た。輝久の顔をジッと眺めて言う。

「テル。聞いてくださイ」

今まで沈黙を守っていた小さな女神が、何を言うのだろうかと皆、息を呑んで注目する。すると――。

「マキは大変お腹ガすきましタ」

唐突に空腹宣言したマキに、

「ハーーーーッハッハッハ!!」

クローゼが大笑いした。釣られて、ネィムとユアンも笑う。

クローゼは部屋を出ると、大皿に骨付き肉や魚料理を載せて戻ってくる。大量の料理に驚くネィム。クローゼはニヤッと笑って、酒の入ったボトルを見せた。

「気分が凹《へこ》んだ時は、食って飲むに限るぜ！」

「ね、ねえ、クローゼ。テルはさっき吐いたんだよね？」

ユアンがおずおずと言う。輝久も酒と聞いて一瞬、身構えた。吐いた吐かない以前に、輝久は高校生である。

「流石に無理に飲ませやしねえって！　テルはその分、いっぱい食いな！　ホラ、肉だ！」

笑顔でクローゼが骨付き肉を輝久に差し出す。

食欲は無かった。だが、輝久は骨付き肉を受け取ると、半ば無理矢理かぶりついた。輝久自身、どうにかして塞いだ気分を変えたかったのだ。

「……ふう」

輝久は、酒の匂いが立ち籠める部屋を見回す。散らかった部屋で、クローゼがイビキを掻き、ユアンは静かに眠っている。

酔っ払ったクローゼが輝久に絡んできて、それをユアンが止める――を数度繰り返した後、兄妹はほとんど同じタイミングで眠ってしまった。きっと武芸大会の準備で疲れていたのだろう。

兄妹の隣にはネィムとマキが、これまた姉妹のように並んで横になっていた。沢山食べてよく喋ったせいか、ぐっすりと眠っている。

口元に線の入ったマキの寝顔を見て、輝久はくすりと笑う。

(ホント、変なアンドロイド――ってか、女神)

素性のよく分からない女神に対して、もはや不安や苛立ちは感じなかった。皆が平和に時を過ごしているこの光景が心地よくて、自然に笑みが浮かぶ。

そして輝久は一人、ベランダに出た。

酒の匂いが充満した部屋にいたせいか、どことなく夢見心地な気分で、輝久は宝石が散らばったような夜空を眺めた。

星々は、日本で見た時よりも美しく、手が届きそうな程、近くに感じられた。(アルヴァーナは大気が汚れてないんだろうな。だから、星がこんなに綺麗なんだ)

そんなことを思いながら――輝久はふと気付く。

いつの間にか、自分の隣に両親が立っている。そして輝久自身、マキと同じくらいの身長しかな

い。周囲はベランダではなく、懐かしい部屋。親子三人で暮らしていた当時の家だ。

不思議なことが起きているのにも拘《かか》わらず、輝久はそれを当然のこととして受け止めていた。暗い顔をした両親に、幼い輝久が尋ねる。

『パパ、ママ。どうして別れちゃうの？』

『ごめんね。色々考えた結果なの』

『理由は特にないんだよ』

……教えて欲しかった理由。

……して欲しかった説明。

(だけど、あの時、俺が本当に言いたかったのは……)

幼い輝久は腕で涙を拭うと、両親を見てニコッと微笑んだ。

『そっか！　寂しいけど、パパとママも幸せにね！』

『輝久……』

両親が涙を流す。そして三人は仲睦まじかった頃に戻ったように、輪になって抱き合った。

……幼き日の幻想が消えると同時に、輝久は現実に戻る。見上げれば、夜空は白んでいた。視線を戻すと、ベランダの向こうで雑魚寝するパーティメンバー達。

仲間達の安らかな寝顔を見ながら、輝久は老人の言った言葉を思い返す。

『サムルトーザのソブラ到達は明日の正午といったところだ』

輝久は表情を引き締め、拳を力強く握りしめた。

ジエンドに変身した時の、理由の付けられない無茶苦茶な技。説明できない謎パワー。輝久の大嫌いな理不尽な能力。それでも……。

輝久は、ゆっくりと昇っていく朝の太陽を眼光鋭く見詰める。

(仲間を救えるなら、もう何だって構わない!)

第十章　俺が守る

武芸大会当日。太陽が真上から異世界アルヴァーナを照らしていた。ソブラにある円形闘技場のすり鉢状の観覧席は多くの人々で埋め尽くされ、大会の参加者達も既に舞台袖で出番を待っていた。

着物姿の男が、闘技場内の受付に歩み寄る。

「よう。勇者と女神もコレに出んのか?」

「あっ、はい。えぇと、後半に出場予定ですね」

「なら俺も出てやるよ」

「残念ですけど、参加の申し込みはもう終わってるんです」

「つれねえこと言うな。せっかく来たんだからよ」

「うーん。では辞退者が出たらってことで、とりあえず此処に名前を……」

「ひはは。名前。名前か」

受付嬢に差し出された羽ペンを受け取らず、男は背中の鞘から剣を抜いた。

「戴天王界覇王——暴虐のサムルトーザ！」

「ひぃっ⁉」

受付嬢が金切り声を上げた、その時。

「そこは受付だ。剣を見せる場所じゃない。そんなことも分かんないのかよ？」

「ああ？」と着物の男が振り向く。

そして、輝久と輝久のパーティを睥睨《へいげい》した。片手に持っていた懐中時計のような探知機を見て確認すると、覇王サムルトーザはにやりと口元を歪める。

「そうか。てめえらが勇者と女神か」

輝久の隣、ユアンとクローゼが神妙な顔を見せる。

「た、確かにテルの言ってた通り、危なそうなのがいるね」

「ああ！　何だよ、コイツの禍々しいオーラは……！」

そう言ったクローゼの背後に、怯えたネィムが隠れる。だが、サムルトーザは、輝久とマキしか目に入っていないようだった。輝久を睨み付けながら話を続ける。

「黒の長卓がざわついてたぜ。二体連続でやられちまったもんだから。まぁ、覇王にも色々いるわな。ガガもボルベゾも、クソ弱《よえ》ぇ世界の頂点だったんだろ」

「あん？　何の話だよ？」

訝《いぶか》しげに問うたクローゼを、サムルトーザは嗤う。

「黙ってろ。てめえらが気にすることぁねえ。どうせ、すぐに消えちまうんだからよ」

そしてサムルトーザは受付嬢に対して抜いた剣を、輝久達に向け直して叫ぶ。

「弱小世界のクソカス共！　てめえら、一人残らず皆殺しだ！」

（皆殺し……）

輝久は心の中でサムルトーザの言葉を反芻《はんすう》した。

連続して見た――いや見せられた悪夢から一日が経過して、その内容はもはや朧《おぼろ》。光の女神の名も思い出せない。

それでも、多数の刃に体を貫かれた観客の惨殺シーンが、断片的に切り取られた写真のように輝久の脳裏を過る。

（呼吸が速い……体が熱い……）

目の前にいるのは、ガガやボルベゾ級の強敵。それでも、恐怖とは程遠い、漲《みなぎ》るような気持ちが胸の内から込み上げてくる。

「下がってろ、テル。コイツはかなりヤバそうだ」

危険を察知したクローゼが輝久に歩み寄る。クローゼとユアンが、輝久とマキをかばうように前に出た。ネィムもまた勇気を振り絞った表情で、輝久とマキの隣に陣取る。サムルトーザがベロリと舌舐めずりして、剣のグリップに力を入れた。

「え!?　テ、テル!?」

しかし不意に、クローゼが驚いた声を出す。

ユアンとクローゼの間を抜けるようにして、輝久が前に進み出たからだ。

「……コイツらさ。すげー良い奴らなんだよ。弱くても俺を守ろうと必死でさ」

輝久はサムルトーザに語りかけながら、次に闘技場観客席を見渡す。人間に交じって、ゴブリン、ゴーレムなどの魔物も演技を見ようと駆け付けていた。

「魔物だって、本当に悪いモンスターなんていない。住んでる人間も、俺が元いた世界より純粋な奴ばっかなんだ。なのに……」

溜まった怒りをぶつけるように、輝久はサムルトーザを睨み付ける。

「こんな平和な世界でムチャクチャやってんじゃねーよ」

「ああ？　俺ァ、まだ何も――」

言いかけたサムルトーザは、口を三日月にした。

「ひははは！　そうか！　砕け散る寸前の魂の！　残滓の記憶か！」

輝久に理解不能な台詞を吐きながら、サムルトーザは哄笑する。ひとしきり笑った後、サムルトーザもまた周囲を見渡した。

「知ってるぜ。この世界に住む奴らが、生きる価値もねえカスばっかってことは。だからこそ選ばれた。『可逆神殺の計』の舞台に」

「アルヴァーナに来てから、よく分かんないことだらけだ。けど、お前が最低最悪のクソ野郎だってことは分かる」

「ひは……ひはははははは！」

サムルトーザはまたしても笑う。だが、今度はその直後、魔神を思わせる憤怒の表情に変化する。

全身から溢れ出る邪気。サムルトーザが声色を変える。

「誰に口きいてんだ、塵芥《ちりあくた》ァ……！」

血走った両目を見開き、ごきりと片手で関節を鳴らす。目には見えない強烈な威圧感が、輝久の全身をビリビリと貫いた。

サムルトーザと対峙して、輝久は肌で感じていた。不死公ガガも、侵食のボルベゾも、身の毛もよだつ程に恐ろしい敵だった。だが……。

（コイツは、もう一段階、上の敵だ）

クローゼが慌てて、輝久をかばうように再び前に進み出る。

「下がってろってば！　ガーディアンの使命だからよ！　テルはアタシが守る！」

何度も聞いたクローゼの台詞に、老人に見せられた悪夢がまたも脳裏を過った。サムルトーザに対して、沸々《ふつふつ》と湧き上がる本能にも似た怒りが、輝久の体を支配していた。

『ウー、ウー、ウー、ウー、ウー！』

今までサムルトーザに視線を向けたまま沈黙していたマキから、警報のようなサイレン音が鳴り響く。

「邪悪なオーラを感知いたしましシ——」

「……マキ」

いつものように変形しようとしていたマキの前に、輝久は手をかざす。

きょとんとした顔で動きを止めたマキを連れて一緒に前に進む。そして輝久は、仁王立ちするクローゼの肩に手を当てた。

「クローゼ。お前は俺が守る」

「はっ⁉　ええっ⁉　い、今、何て⁉　えっ、えっ、えっ⁉」

顔を真っ赤に染めたクローゼの隣を、輝久はマキと共に通り過ぎる。

「行くぞ、マキ」

深呼吸した後、サムルトーザを睨み付けながら輝久は静かに言う。

「……トランス・フォーム」

「了解いたしまシタ！」

どこか嬉しそうにマキが言った。その途端、マキの全身は銀色に変化し、四肢が分かたれる。輝久の五体にマキのパーツが接着するや、激しく発光。メタリックな鏡面のボディから白煙を発散させる。

輝久の変身に、サムルトーザが額にある第三の目を細めた。

「ああ？　聞いてねえぞ。女神と合体するだと。何だ、てめえは？」

「俺もよく分かんないんだけどさ。知りたいなら教えてやるよ」

変身した輝久は、ゆっくりと口を開く。

「異世界アルヴァーナに巣くう邪悪に会心の神撃を……」

胸の女神の機械音と輝久の声が初めて、互いに折り重なるようにして言葉を紡いでいく。

（ガガ戦、ボルベゾ戦、繰り返し聞いたから覚えた？　いや……本当はもっと前から知っていたような）

輝久自身驚く程、胸の女神と一言一句、綺麗にシンクロした。円を描くようなジエンド独特の演舞もまるで自分の意志の如く、自然かつ流麗に舞う。

最後に、暴虐の覇王サムルトーザを標的に定めるように指さすと、輝久は胸から聞こえる女神の声を掻き消す程に力強く言う。

「終わりの勇者——ラグナロク・ジ・エンド！」

薄ら笑いを浮かべていたサムルトーザは、指で自らの側頭部をトントンと叩く。

「こめかみの辺りがよ……」

かつて、一つの世界を崩壊せしめた覇王のオーラが円形闘技場を覆う。

「ビキッときたぜ……この道化が！」

『アニマコンシャスネス・アーカイブアクセス。分析を開始します』

赤く光る数字の羅列が、ジエンド眼部の遮光シールドを右から左へ流れる。

『３３……５０７……７４３……４８９３……６９３０……９５４９……１１８５７……２２８５７……３８９３８……４１１２１……５４３９３……６６６６０』

かろうじて輝久が視認できたのはこれだけであった。流れていった数字は、心なしかガガやボルベゾと戦った時より多いように輝久は感じた。

胸の女神のレリーフが、感情の欠落した声を発する。

『リミッターブレイク・インフィニティ』

ジエンドから発散された衝撃波が、空気を震わせ、地面を罅割れさせる。観客席に座っていた人々が「何だ、何だ？」と、ジエンドとサムルトーザのいる受付付近を眺めた。

(ジエンド。最初っから全力って訳か)

胸の女神もまた、サムルトーザが格上の存在だと認識しているに違いない。

サムルトーザが、にやりと口元を邪悪に歪めた。

「仲間を守るとか抜かしやがったな？　だったら守ってみろよ……」

サムルトーザが背の剣に手を掛ける。鞘から抜いた途端、強烈な風が発生して、遠巻きに眺めている者達の髪を揺らす。

サムルトーザは剣を地面に突き立てる。突き刺された剣の両側に、同じ剣が出現し、そのまた隣にも――。

瞬く間に出現した無数の剣がサムルトーザを囲った。

「おっ！　前座が始まるみたいだぞ！」

「待ってました！」

魔術か奇術だと勘違いした観客達から、歓声と拍手が巻き起こる。サムルトーザが嗤いながら叫ぶ。

「邪技の壱！『飛追』！」

ふわり、と全ての剣が宙に浮いた。

「……逃げろ」

輝久は呻くように言う。朧気な悪夢の一場面が鮮烈に蘇った。輝久は観客席に向けて大声で叫ぶ。

「全体攻撃だ！　皆、今すぐ此処から離れろ！」

「ひはは！　もう遅え！　てめえも、仲間も！　此処にいる全てのクソカス共も！　まとめて死んじまえよ！」

サムルトーザの言葉に呼応するかの如く、中空まで浮遊した無数の剣が観客席に降り注ぐ。

「け、剣が……降ってくる……？」

「うわあああああああああ!!」

絶叫する観客達。だが、その刹那、ジエンドの背中から機械音。筒状の突起が十数基、出現する。

『グレイテストライト・オールレンジ――ファイア』

胸の女神の声と同時にジエンドの後背部から、幾条もの光線が闘技場の空に射出された。

既にサムルトーザの放った剣は人々の頭上に迫っていた。

輝久の視線の先、一人の女性を狙って剣が飛来する。女性の頭部まで、あわや一メートルの所で、しかし、ジエンドの光線が迎撃。剣は音を立ててバラバラに粉砕された。

一本の剣を破壊した後も光線は威力が衰えない。軌道を変えて、そのまま数メートル先で浮遊する剣に向かい、それも粉砕する。

ジエンドの放った光線は、飛追による剣の飛翔速度を大幅に上回っていた。

意思を持っているかのようなサムルトーザの剣は、光線から逃れようとして軌道を変えるが、それすら追尾してガラス細工のように簡単に打ち砕いていく。

「すげえ……！」

数百はあろうかという剣の破壊を目の当たりにして、輝久は思わず感嘆の声を漏らした。

ガガ戦で初めて使用した技だったが、むしろ今日この時の為に編み出されたかのような——そんな気さえした。

しかも、ジエンドの攻撃は輝久の思惑を超えていた。全ての剣をほぼ同時に破壊した後、光線は一斉に軌道を変えてサムルトーザに向かう。まるで、発射から破壊までの時間が緻密《ちみつ》に計算されていたかのように。

興奮と歓喜の入り交じったクローゼの声が、輝久の耳朶を打つ。

「行けえっ！　そのまま蜂の巣にしちまえ！」

サムルトーザの四方をぐるりと囲み、迫る光線。

だが、サムルトーザは背から剣を抜くと、全身を捻って回転しつつ振るった。全方位から迫っていた光線が忽然と消失する。

「ぜ、全部、消されてしまいましたです！」

ネィムが叫ぶ。サムルトーザは、平然と剣を背の鞘に収める。

「魔剣ゼフュロイを全て破壊し、そのまま攻撃に転ずる——か。ちったぁ褒めてやるぜ」

まるでダメージのないサムルトーザを注視しつつ、輝久は仲間達に叫ぶ。

「ユアン、クローゼ、ネイム！　今のうちに観客を避難させてくれ！」

ユアンが頷き、クローゼもネイムと一緒に観客席に向かう。クローゼが、まだ現状が把握できていない観客に大声で叫ぶ。

「お前ら何、ボーッとしてんだよ！　ありゃあ演技じゃねえ！　アイツは本気でアタシらを殺すつもりだ！」

「皆、すぐに此処から逃げるんだ！」

町の顔である兄妹の警告を聞いて、観客達は闘技場から我先にと駆け出した。

「急いでくださいです！　でも押さず慌てず、ゆっくりお願いしますです！」

すり鉢状の観覧席から、人々が東西にある二つの出口に向かって走っていく様子を眺めながら、輝久は小さく頷く。

「よし！　大方、脱出できたな！」

「そうか？　まだ残ってんぞ？　カスが三匹程」

サムルトーザの視線の先を追って、輝久は歯噛みする。

「お前……！」

「ひひははは！　勇者は守る者が多くて大変だな！」

サムルトーザが、ドッと音を立てて地を蹴った。凄まじい速度で輝久のパーティに迫りつつ、腰から双剣を抜く。

真っ先に狙われたのは、サムルトーザから一番距離の近い場所にいたネイムだった。サムルトーザが左手に持った細身の剣を大きく引く。

「邪技の弐！『破戒』！」

「ネイム!!」

叫ぶと同時に、輝久の視界が歪んだ。

「へ？」と輝久が思った瞬間、自分の目前にサムルトーザが迫っている。更に、輝久の背後には怯えるネイム。

（お、俺、どうやって一瞬で距離を詰めたの⁉　いや、それはまぁ良いとして――）

「勇者様ぁっ!!」

今度はネイムが叫ぶ。細身の剣から繰り出される、目にも留まらぬ刺突がジエンドを襲う。金属と金属がかち合うような音が連続して闘技場に木霊した。

「バカが！　破戒の刺突、全て受けとめやがった！」

サムルトーザは、体中から煙を出すジエンドを見下ろして嘲笑った。

ジエンドの全身には刺突による複数の罅割れが生じており、その部分がバチバチとショートするように爆ぜている。

「うぐ……」

輝久は唸る。痛みは感じないが、明らかにジエンドがダメージを負っていると分かる。

自然と跪くような体勢となったジエンドに、ネイムが淡い光の宿った両手をかざす。

「今、治しますです！」

「ひははは！　邪技の弐は回復不能の刺突！　喰らっちまえば、それで終《しま》いだ！」

「そ、そんな……！」

ネィムが絶句する。体中の罅から煙を出し続けるジエンドとネィムの元に、クローゼとユアンが駆け付ける。

サムルトーザは、輝久のパーティを見て、楽しそうに顔を歪めた。

「勇者ってえのは哀れだな！　背負い込んだ荷物のせいで、実力が発揮できねえ！」

「ぐっ！」と唸って大剣に手を伸ばすクローゼが、輝久の視界に入る。

「やめろ！　俺が守るって言ったろ！」

輝久が叫ぶと、ビクッと体を震わせて、クローゼは動きを止めた。バチバチと体をショートさせながら、輝久はサムルトーザを見上げて言う。

「覇王ってのは……こんな姑息《こそく》な奴ばっかなのかよ……？」

「俺ァ、強さなんぞに興味はねえ。てめえの哀れな顔が拝めりゃあそれで良いんだ」

そして、サムルトーザは右手に持った黒い刀身の剣を後方に引いた。

「壊れていく様《さま》をじっくり楽しみてえが、てめえは覇王を二体殺してやがる。このまま確実に息の根を止めておく」

ジエンドは膝を突いたまま、サムルトーザの攻撃に対して、罅の入った右手をかざす。ジエンドの右掌から盾のような大きさの魔法陣が出現した。

「そんな魔法障壁で防げやしねえよ！」

サムルトーザは躊躇《ちゅうちょ》無く、黒き剣を魔法陣に突き立てた。

瞬間、ジエンドの展開した魔法陣はドット化して雲散霧消する。

「砕け散れ！　邪技の参『必絶殺』！」

魔法陣を砕いた黒き剣が、そのままジエンドの胸を貫通する。

胸部と後背部から激しく火花が散ると同時に、ジエンドの体がドット化し、輝久は今にも全身が弾け飛んでしまいそうな感覚を味わう。

（こ、これは流石にマズい……！）

「テル!!　大丈夫なの!?　ううっ！　凄い煙で――」

「な、何も見えねえっ!!」

（え……？）

そんなユアンとクローゼの叫び声が聞こえて、輝久は周囲を窺う。いつしかジエンドの周りは白煙に包まれていた。仲間は勿論、サムルトーザの姿さえ見えぬ程の煙が辺りに立ちこめている。

輝久はその出所に気付く。破戒の刺突によってジエンドの全身にできた罅から、白煙が噴出していた。煙はジエンドを包むように濛々と広がり、輝久の視界をも遮っている。

あまりの煙に、輝久は攻撃されたことすら忘れて狼狽《うろた》えた。やがて……煙が晴れる。

最初、輝久の視界に映ったのは、対面にいるサムルトーザだった。先程まで勝利を確信していたサムルトーザの顔は、不可解に満ちた表情へと変わっている。

「き、傷が全て治っていますです！」

歓喜に満ちたネィムの声が聞こえて、輝久はジエンドの体を窺う。まるで、邪技を喰らう前に時が戻ったかのように、ジエンドの鏡面ボディには傷一つない。

太陽光に美しく照らされて、胸部の女神が囁くように言う。

『観測者不在に於いて揺蕩《たゆた》う真実……』

女神の言葉の後を追うように、輝久の口が自然と開かれ――。

「マキシマムライト・デコヒーレンス！」

いつものように、言ったことのない技の名前を叫んでしまう。

こめかみをヒクつかせながら、サムルトーザが輝久に問いかける。

「回復不能の刺突と、必殺の剣撃を喰らってどうして生きてやがる……？」

「さぁね。俺にも分かんねえよ。でも、そんなに興味ないかな」

「あぁ？」

「お前は強さに興味ないんだろ？　俺だって、仲間を守れるなら何だって良いんだ」

「妖術使いが……！」

尖った歯をギリッと軋ませるサムルトーザ。輝久はそんなサムルトーザを睨む。

「お前が狙ってんのは、俺とマキだろ。卑怯なことばっかしてねえで本気で来いよ」

輝久の思いに呼応するように、ジエンドが闘技場の中央まで歩み、人差し指をチョイチョイと動かす。サムルトーザの顔が怒りの色に染まる。

「上等だ……この塵芥《ちりあくた》……！」

ザッと音を立てて、サムルトーザが円形闘技場の石畳に足を踏み入れた。

輝久は自分のパーティメンバーを振り返る。

「やっとやる気になったみたいだ。皆、離れた所で待っててくれ」

「で、でもよ、テル！」

居ても立ってもいられない様子のクローゼの腕をユアンが握る。

「クローゼ。テルならきっと大丈夫さ。それに、僕らが居れば足手まといになる」

「くっ！」

クローゼは、兄の言葉に、ただ悔しげに唇を噛んだ。


……今、ソブラの円形闘技場の中央で、ジエンドに変身した輝久と、暴虐の覇王サムルトーザが対峙していた。

サムルトーザが腕を背に伸ばし、刀身が霞んでいる不可思議な剣をぬらりと抜く。

「存分に後悔しやがれ。てめえの領域を超える不可視の斬撃を喰らいながら、よ」

ジエンドもまた、掌からレーザーブレードを発現させて構える。サムルトーザの第三の目が怪しく光る。

「邪技の肆《し》――」

言いかけて、サムルトーザは不意に動きを止めた。そして、ジエンドを睨み付けながら大きく息を吐き出す。

「いや……やめだ」

驚くことにサムルトーザは、握っていた剣を遠くに投げ捨てた。

(何だ……？)

レーザーブレードを構えたまま、呆気に取られる輝久を、サムルトーザは三つの目で見据える。

「錆割れた魂に、こびり付いた記憶の残滓。てめえは俺の邪技に対応可能な技を持ってやがる」

「は？　何言ってんだよ？」

「邪技の肆《し》『気先』が破られるとは思えねえ。だが、俺の勘が告げてやがる。念には念を入れておけ、と……」

サムルトーザの背負っていた四本の剣は、いつしか最後の一振りになっていた。サムルトーザがその剣を鞘ごと、自らの胸の前に持ってくる。

それは今までの剣よりも一層、異様で、鞘に呪符が包帯のように巻き付けられていた。

サムルトーザが呪符を剥ぎ取り、剣を鞘から引き抜く。中からは意外にも、光り輝く美しい刀身が現れた。

「天剣ブラド・ナデア。俺が蒐集《しゅうしゅう》した中で、最大の攻撃力を誇る剣だ」

不意に漂う、焦げた匂い。剣のグリップを握るサムルトーザの手が、高温の物に触れたように煙を上げていた。呼吸を荒くするサムルトーザ。こめかみを一筋の汗が伝っている。

「い、今までと雰囲気が違いますです！」

「まさか……あの光は、聖なる光……？」

ネィムとユアンの呟きにクローゼが反応する。

「聖剣ってことか!?　どうして、アイツがそんなの持ってんだよ!!」

サムルトーザがブラド・ナデアを天にかざすように掲げる。

にやりと笑った後、サムルトーザは口を大きく開けた。驚くべきことに、サムルトーザは、牙の生えた自らの口腔内に剣を差し込んでいく。

クローゼが大声を張り上げる。

「何だあ、アイツ!!　前回の大会優勝者みてえな真似しやがって!!」

「ち、違うよ、クローゼ！　これはマジックじゃない！　本当に剣を呑み込んでるんだ！」

ユアンの言う通り、サムルトーザの口腔は剣によって切り裂かれ、黒い血を溢れさせていた。それでも刀身は徐々に体内に呑み込まれていく。

「はわわわ！　怖すぎますです！」

ネィムの泣き声が聞こえた時には、サムルトーザは剣を完全に呑み下していた。黒い血を口から吐き出しながらも、ジエンドを見て、にやりと笑う。

「か、体によ……ちっとダメージを負うからよ……じ、実戦で使ったことはねえ。ありがたく思えよ……てめえ如きが、こ、この技で死ねるんだからよ……」

言い終わるや、猛獣の如き咆哮《ほうこう》。サムルトーザの体が黒く染まり、バキバキと音を立てながら硬質化していく。

サムルトーザは全身が黒曜石《こくようせき》の結晶のような怪物へと変化する。手、足、胴体――体の各部位が鋭く尖り、全身凶器と化したサムルトーザを見て、闘技場の縁《ふち》にいたユアンが、ごくりと生唾を飲み込んだ。

「何て、おぞましい姿……！」

「マジのバケモンじゃねえかよ……！」

クローゼもユアンの隣で震えた声を出す。剣そのものを擬人化したような姿となったサムルトーザは、三つの目をギロリと輝久に向けた。

「ひはは！　お望み通り、サシの勝負だ！」

「ゲームの裏ボス並みの超変化しやがって」

輝久は言った後、フンと鼻を鳴らす。サムルトーザがパワーアップしたのは、火を見るよりも明らか。それでも恐怖は全く感じなかった。

(とにかく、ぶつけてやる！　俺の全力を！)

輝久が熱い気持ちを滾らせたその時。胸の女神が声を発した。

『草場輝久とのシンクロ率に比例して、ラグナロク・ジ・エンドの外装を強化します』

「……え？」

輝久は唖然としてしまう。ジエンドが急に、持っていたレーザーブレードを天にかざしたからだ。ジエンドは更に顔を上に向ける。自然と口が開き、ジエンドの持つレーザーブレードが口元に下りてきた。

「えっ、えっ!?　嘘だろ!!　俺もやるの、それ!?　……おげえっ!!」

無理矢理、口腔内に光の剣を差し込まれる。相変わらず痛覚はないが、心理的に戻しそうになる。

えずきながら輝久が光の剣を飲み込んでいる最中、ユアンがぼそりと呟く。

「な、何だか本当にいつもの武芸大会っぽくなってきたね……」

「言ってる場合か、兄貴！」

クローゼがツッコんだ時には、ジエンドは剣を丸呑みしていた。

『ラグナロク・ジ・エンド【モード・アサルト】』

胸の女神の言葉と同時に、ジエンドの体が発光する。

目も眩む光が収まった後、ジエンドはサムルトーザと似た結晶の体へと変化していた。こちらも四肢が全て鋭利で、全身凶器を思わせる姿。だが、漆黒のサムルトーザとは違い、ジエンドは煌《きら》めく水晶の如き結晶体であった。

ネィムが叫ぶ。

「勇者様も同じような変化をしましたです！」

「けど、テルのはアイツと違って綺麗だぜ！　宝石みてえだ！」

サムルトーザは忌々《いまいま》しそうに硬質化した右脚を振り上げ、闘技場の石畳を簡単に踏み砕いた。

「いちいち癪《しゃく》に障りやがる。真似してんじゃねえよ、塵芥《ちりあくた》ァ……！」

輝久は、えずいた後の気持ち悪さを振り払うように、言い返す。

「こっちだって、やりたくてやってんじゃねーんだよ。けど、これで対抗できそうだな」

向かい合う闇と光。サムルトーザが剣のように鋭く尖った両腕を引いて構える。ジエンドもまた、胸の前で鋭利な両腕を構えた。

ジエンドの胸部。感情に乏しい女神の声が円形闘技場に響く。

『受けよ。別領域から来たる――』

「偶《ぐう》の神力を！」

胸の女神の声に被せるように、輝久もまた叫んだ。


……ファースト・インパクトは怒号を思わせる轟音。

重量のある硬化物質同士がかち合い、軋み合う。闘技場中央で、光と闇の残像がぶつかり合っていた。

硬質化し、鋭利な刃と化したサムルトーザの両腕の連撃を、ジエンドもまた剣のように尖った腕で防御する。耳をつんざく連続音。周囲の空気が震える。

時が経つ程にサムルトーザの攻撃は速さを増していく。両者の立つ円形闘技場の石畳は罅割れ、大きく陥没する。

闘技場の縁では、クローゼ達が両者の衝突によって生じる衝撃波に耐えていた。

「な、何だよ、この戦い！　ありえねえだろ！」

「絵本の……神話の中の世界みたいだ……！」

ユアンは開いた目を閉じられない。サムルトーザの攻撃をジエンドが弾けば、分散されたエネルギーで周囲の景色は歪んで見えた。この世界にあらざる者達の力と力がぶつかり合う。大気が乱れて、闘技場上空には黒雲が発生した。

ユアンとクローゼが息を呑んで見守る中、不意にネィムが緊張を孕んだ声を出す。

「ゆ、勇者様が……勇者様が押されていますです！」

ネイムが言ったように、サムルトーザの猛攻により、いつしかジエンドは闘技場中央から端の方に移動していた。

攻撃の手を休めず、サムルトーザが嗤う。

「オラオラ、どうした！　てめえの望み通りの一対一だぜ！」

ジエンドに攻撃する暇も与えない連撃。

人間の動体視力を、とうに超えたサムルトーザの猛攻で、輝久の目前に激しい火花が散る。攻撃を受け続けているジエンドの両腕が、ビリビリと痺《しび》れている。

「ぐっ……！」

思わず輝久が唸ると、サムルトーザが愉悦を孕んだ声で哄笑する。

「ひはははは！　紛《まが》い物が！　触媒が違ぇんだよ！　ブラド・ナデアは、俺の支配した世界クルプトに召喚された勇者を殺して奪った剣だ！」

(ジエンドも全力の筈なのに！　やっぱコイツ、桁違いに強い！)

いつしか防戦一方。クローゼ達とは反対側の闘技場端までジエンドを追い詰めると、サムルトーザは右脚を大きく振り上げた。

「喰らいやがれ！　アダマンタイトから作られた天剣ブラド・ナデアと一体化した斬撃を！」

（か、踵落《かかと》とし⁉）

全身武器と化したサムルトーザの右脚はまるで大剣。研ぎ澄まされた必殺の斬撃が、ジエンドの頭部を襲う。

輝久とジエンドの意思が、頭部を守ることでシンクロした。輝久は両腕を交差して、どうにかサムルトーザの踵落としを受けとめる。

両腕に伝わる凄まじい衝撃。そしてその刹那、ビキッと破壊音。

輝久が小さく唸り、サムルトーザはにやりと口元を歪める。

しかし次の瞬間、サムルトーザはぐらりと体勢を崩した。

サムルトーザの三つ目が全て大きく見開かれる。斬撃を繰り出したサムルトーザの踵部分から足首までに亀裂が走っていた。

「天剣ブラド・ナデアを宿した体に罅が入るだと……！」

理解できないといったサムルトーザの表情。ようやく攻撃に転ずる好機だと輝久は思った。しかし、ジエンドは動かない。

「お、おい！　今が攻撃のチャンス――」

『……１００％』

「え？」

『ホワイト・マターの充填が完了しました。攻撃対象に有効な技が発動可能です』

「溜めてたの⁉　いつの間に⁉」

激しい斬撃の音で、聞こえていなかったのかもしれない。

輝久と胸の女神のレリーフがそんな会話をしている間に、サムルトーザは闘技場を移動していた。

そこにはサムルトーザが変身前に投げ捨てた剣が転がっている。

サムルトーザは口を大きく開くと、刀身が霞むその剣を呑み込んだ。ネィムが悲鳴を上げる。

「さ、更にもう一本の剣を飲み込みましたです！」

すぐにサムルトーザに変化がおとずれる。

メキメキと軋む音と共に、サムルトーザの黒き結晶の体が伸長する。三メートルを超える体躯《たいく》からは、輝久がジエンドに変身した時のような蒸気が発散されていた。

「バラバラにしてやるよ……！」

呟くと同時にサムルトーザの巨体が消える。

サムルトーザは瞬間移動のようにジエンドの目前に到達するや、鋭利な両腕による連撃を開始する。

（は、速い！　それに威力も上がってる！）

ガード越しにも衝撃が伝わり、輝久の脳を揺らす。怒濤《どとう》の連撃の轟音が鳴り響く。

亀のようになり、防御するので精一杯な様子のジエンドを見て、サムルトーザが口元を歪めた。

「ひははは！　てめえを殺った後は仲間だ！　一人残らず、刻んで殺してやる！」

「ふざ……けんな……！」

仲間を殺すと言われて、輝久の気持ちに再び火が灯る。

「ふざけんな、この野郎！」

サムルトーザに対して烈火の如き怒りが湧き上がり、輝久は自らの胸元に叫ぶ。

「ジエンド!!　充填完了したんだろ!?　早く必殺技的なやつを――」

『攻撃は既に完了しています』

輝久の言葉の途中、胸の女神はそう告げた。

ふと……あれほど熾烈だったサムルトーザの斬撃の音が止んだことに気付いて――輝久は前方へ視線を向ける。

サムルトーザは固まったようにして、動きを止めていた。

（な、何だ……？）

唖然とする輝久。突如、どこからともなく『ザッ』と斬撃の音が闘技場に響く。

サムルトーザの左手から、ボタボタと何かが落ちた。

「お、俺の……指……が……！」

落下した五本の指をサムルトーザが視認した途端、またも斬撃の音が聞こえた。指の無くなったサムルトーザの左腕の肘から先が、闘技場を舞うようにして弾け飛ぶ。

「この……塵芥《ちりあくた》があああああああああああああ!!」

絶叫して、ジエンドに襲い掛かろうとするサムルトーザ。だが、次の瞬間、前のめりに倒れる。

先程までサムルトーザが居た場所に、切り取られた右足首が残されている。

（な、何だ？　サムルトーザの手足が誰かに斬られたみたいに……！）

輝久の心の疑問に応じるように、胸の女神が冷徹な機械音を発する。

『阿頼耶識《あらやしき》領域より発動する不可抗反撃……』

輝久には今、何が起こっているのか全く理解できない。それでも込み上げる思いが言葉となって吐き出される。

「マキシマムライト・プライア・カウンター！」

輝久が叫ぶと同時に斬撃音。今度はサムルトーザの右手の指が全て落下。続けて、右肘から先も弾け飛ぶ。

ジエンドは動かず、ただ胸の前で両腕を交差させたままだった。なのに斬撃の音が鳴り響き、サムルトーザの全身が切断されていく。

サムルトーザは呼吸を荒くしながら、不可視の攻撃を捕捉すべく、第三の目をギョロギョロと動かしていた。だが、左足首も切り飛ばされて、無様に地面に這いつくばる。

「こ、殺す……！　殺してやる……！」

サムルトーザの悪鬼の如き憤激《ふんげき》の表情は、しかし、出血のない自らの傷痕に気付いた時、驚愕のものへと変わった。

「この切断痕は……邪技の肆《し》『気先』……！　見せてもいねえ、俺の邪技を……！」

輝久は、全身が切断されるサムルトーザを、ただ呆然と眺めていた。

既に輝久の脳裏からは、老人に見せられた悪夢の記憶の殆どが失われている。そして無論、輝久以外に悪夢を見せられた者はいない。

だから、サムルトーザを襲う不可視の斬撃が、輝久が見た悪夢の一つ――クローゼの全身が霊剣アポロバによって切り落とされた順番と全く同じだと認識できる者は、この中には存在しない。

しかし、それでも――。

「あああ……うわあああああっ！」

クローゼは声を震わせて大粒の涙を落とす。ユアンが驚いてクローゼを振り返った。

「ク、クローゼ？　どうして？」

「分かんねえ、分かんねえよ、兄貴……！　でもさ、アタシ……涙が止まんないんだよ！」

更なる斬撃の音。這いつくばっていたサムルトーザの胴体も切断される。最後にサムルトーザの首に亀裂が入り、頭部がごとりと鈍い音を立てて闘技場の石畳に落下した。

首だけになってもサムルトーザは三つの目を血走らせ、憤怒の表情でジエンドを睨み付ける。

「何だ……何なんだ、てめえは……！」

「俺だって知らねえよ」

輝久が答えたその刹那、今までの斬撃とは明らかに違う音が連続して聞こえた。

目に見えない鈍器で殴打するような音と共に、サムルトーザの頭部がひしゃげていく。歯が欠け、鼻も折れ、三つ目も全て潰れ、更に側頭部が大きく陥没する。

既にサムルトーザは事切れていた。それでも、耳障りな音は止まらない。頭部が固い物に何度も何度も何度も、ぶつけられたように無惨に破壊されていく。

あまりに凄惨なサムルトーザの最後を直視できずに、輝久は目を背けた。

不快な音がようやく止んで、輝久が視線を戻した時。サムルトーザの頭部とその四肢は黒い灰となって、闘技場を吹く風に散らされていた。

第十一章　激闘の後

ジエンドが発光し、各パーツが輝久の体から分離される。それらは闘技場の上で一つに集まり、メイド服を着た幼児体型アンドロイドに戻った。

輝久は疲労はしているものの、以前のように意識を失うことはなかった。

無表情だが、どこか愛嬌のあるマキを眺めて、輝久は戦いが終わったのだと実感し、フッと肩の力が抜ける。

同時に溜め息。仲間を守る為と自分に言い聞かせながら、戦闘中ずっと溜めていたストレスがぼやきとなって口から漏れる。

「はぁ……防御してただけで勝っちまった……」

サムルトーザ戦でジエンドは終始守りに徹していただけ。一度もサムルトーザに対して明確な打撃や斬撃を与えていない。なのに、サムルトーザは全身バラバラ。灰になって闘技場から消えてしまった。

マキがウイーン、ガシャンと機械音を立てながら輝久の元まで歩いてきて、右脚に抱きついた。

「おめでとウございマス。勝利ノ抱擁を」

「硬いし痛いって言ってんだろ」

「それだけデスか？　今日は愚痴が少なくテ何よりデス」

そんな風に言われて、輝久は遂に爆発する。

「いっつも通り、無茶苦茶な倒し方しやがって！　最後のとか、全然意味わかんなかったぞ！　何だよ、なんちゃらカウンターって！　あれじゃあ反撃になってないだろ！」

「イエ。アレはれっきトした反撃デス。タブン」

「どこがだよ！　タブン言うな！」

右脚に絡み付くマキの頭をグイと押して引き離した瞬間、

「テル!!」

ぶるんぶるんと揺れる巨乳。今度はクローゼが飛びつくようにして、輝久に抱きついてくる。高身長のクローゼに抱きつかれ、輝久はバランスを崩して、絡み合ったまま闘技場の石畳に倒れてしまう。

「痛ったいなあ、もう！」

右脚をギチギチやられた後のタックル。輝久は怒って叫ぶ。だが、クローゼは輝久の言葉など耳に入っていないようで、吐息のかかる位置まで顔を近付けた。

「テル！　頼む！　アタシと口付けしてくれ！」

「いや、何で!?　どうした、急に!?」

「分かんねえ！　けど、そうしねえと気が済まねえんだよ！」

「はぁっ⁉」

輝久にはさっぱり意味が分からない。ただ力一杯抱きしめられたまま、クローゼの顔が迫ってくる。

（ちょ、ちょっと⁉　このままだとマジで……）

だが、唇が触れ合う寸前「あっ」と呟いて、クローゼが動きを止めた。顔を離して、輝久の目の下に指を当てる。

クローゼの指が濡れていた。そして、輝久は自分がまた泣いていることに気付く。ネィムが助かった時と同様、輝久は無意識に涙を流していた。

クローゼは輝久が泣いているのを見て、興奮が収まったようだった。やがてクローゼもまた、両目から涙を溢れさせる。

「テル……。助けてくれてありがとう。ありがとうな」

「うん。クローゼを守れて良かった」

ふと気付くと、他のパーティメンバーが様子を遠巻きに窺っていた。ネィムもユアンも目に涙を溜めている。

急に恥ずかしくなって、輝久はクローゼから離れる。

（ってか、何でまた泣いてんだ、俺⁉　マジで意味分かんねえ‼）

覇王とのバトル後、お決まりのように泣いてしまう自分。理由不明の涙に対し、自己嫌悪に陥る輝久を、マキがジト目で見上げていた。

「テルは本当に泣き虫デス」

「うっせえな！」

「悲しいナラ、マキが股間を撫でテ差し上げまショウか？」

「間違ってんだよ、そのデータ！　今すぐアプデしろ！」

だが、クローゼはマキの情報に目を輝かせて迫ってくる。

「ようし！　アタシが撫でてやる！　念入りに！」

「やめろってば！　ユ、ユアン！　クローゼを何とかしてくれ！」

パーティメンバーが見ている前で、辱《はずかし》めを受ける訳にはいかない。輝久は、暴挙に出ようとする妹の兄に必死に訴えるが、ユアンは目尻の涙を拭いながら笑顔を見せる。

「兄として許可するよ。テルなら構わない。そうだ、子供は二人がいいな！」

「飛躍しすぎなんだよ、お前は！」

そんなやり取りをしながら、輝久はふと純真なお子様の視線に気付く。

「ネイムも勇者様の子供を産ませていただきたいです！」

「ネイム⁉　意味、分かって言ってる⁉」

「ようし！　じゃあ、アタシと一緒にテルの子を産もうぜ！」

「はいです！」

「だから何でだよ‼　倫理観まで低レベルなのか、難度F世界は！」

「それデしたラ、マキも産みタイデス」

「お前はどう考えても無理だろ!!」

「エエエ……！」

マキは吃驚したように、ガラス玉のような両目を大きく見開いた。黒いオイルが両目から零れる。

ユアンが少し怖い顔で輝久を叱る。

「テル！　可哀想だよ！　皆で仲良く産めば良いじゃないか！」

絶句する輝久の前で、ユアンは顔を赤らめて、モジモジしながら言う。

「ぼ、僕もできたら、テルの子を産みたいな」

「ユアン……！　お前……実は一番ヤバい奴なのか……！」

そんな感じで輝久達がワチャワチャしていると、闘技場にある二つの入口から、観客が少しずつ戻ってきていた。

「おっ！　皆、帰ってきたな！」

「武芸大会の再開だね！」

兄妹の言葉に輝久は驚く。

「やるんだ……！　あんなことがあったのに……！」

「一年間、準備したんだ！　当然やるさ！」

クローゼがニカッと笑顔を見せた。徐々に、すり鉢状の観覧席は元通りに埋まってきていた。輝久は観客の波を眺めながら「あっ！」と叫ぶ。

南側の真ん中の席に、例の白ヒゲの老人が座っていた。

「また！　あの爺さん！」

老人は輝久の視線に気付くと、満足げに大きく頷き、立ち上がって踵を返した。

「逃げた！　今日は一言も言わずに！」

「それでハ、一言オジイサン改め、無言オジイサンに改名いたしまショウ」

「だから呼び方とか、どうでも良いわ！」

聞きたいことは山程あった。追いかけようとした輝久だったが、先程見た老人の満足そうな表情を思い返す。まるで、仲間の勝利を祝うかのような老人の顔を。

（ま、いっか。今は）

観客達が手分けして、荒れた闘技場を片付け始めていた。清掃の邪魔にならないように、輝久達も元いた観客席に戻った。


「……クローゼさんの演舞、とっても素敵だったのです！」

「そうかあ？　ありがとな、ネイム！」

「ユアンの火炎魔法モ凄かったデス」

「あと二、三個、火球を出せれば良かったんだけど。女神様の芸も盛り上がってたね！」

マキが全身バラバラになった時、若干、観客が引いていたことを思い出して、輝久は吹き出した。

全ての参加者の芸が終わった。司会のピエロが、陥没した闘技場中央から少し離れた場所に立つ。

「それでは今回の武芸大会の優勝者を発表します！」

観客席が水を打ったように静まり返る。輝久もまた誰が優勝するのか、固唾を呑んで見守った。

「前回の優勝者は剣を呑んだだけでした！　しかし今回の優勝者は、光の剣を飲み込んだ上、変身し、更に危険な侵入者も排除した――」

（ま、まさか……！）

「勇者様に決定いたしました!!」

「何で!?」

輝久は立ち上がり、大声で叫んだ。クローゼもまた叫ぶ。

「つーか、ジュペッゼのオッサン!!　どうして、そんな詳しく知ってんだ!?　あの時、闘技場にはアタシらしかいなかったろ!?」

「ヘヘッ！　司会だからね！　ずっと観客席の端で隠れて見てたんだ！」

「マジかよ！　すっげえ仕事魂だな！」

クローゼが感心して拍手するが、輝久の気持ちは治まらない。観客席から闘技場まで駆け付ける。

「そんな判定ダメだって！　アンタが見てても他の人が見てないんだったら、不満が出るだろ！」

輝久は観客席に座るソブラの荒くれ共を見渡す。皆、筋骨隆々で一癖ありそうな輩だが――。

「見てないが、ジュペッゼが言うんだから間違いないだろう！」

「そもそも勇者のお陰で大会が再開できたんだもんな！」

「おう！　色んな意味で優勝は勇者だ！　異論はないぜ！」

（ああ……流石、難度Fのほのぼの世界……！）

観客達から輝久に惜しみない拍手と歓声が送られる。唯一、前回の優勝者だけが悔しげに闘技場に拳を打ち付けていた。

「くっそおおお!!　次は俺も剣を呑んだ後、変身して、侵入者を排除してやるううううう!!」

ユアンが輝久の隣で、頬をポリポリと掻いた。

「な、何だか、剣を呑み込む大会に変わってきてない？」

「ハッハハ！　ま、とにかく！　テル、優勝おめでとうな！」

笑いながらクローゼが賞品である勇者の盾を持ってくる。

「その盾、あんまりいらないけど……」

「勇者様！　ダメなのです！　盾は魔王の果汁飛ばし攻撃を――」

「防ぐ為に必要なんだろ？　分かったよ、ネィム。一応貰っとく」

輝久がクローゼから勇者の盾を受け取ると、またも観客達から歓声が巻き起こった。

闘技場に木霊する割れんばかりの拍手と歓声。そして、仲間達の笑顔。

（良かった……皆、無事で本当に……）

輝久は心の底からしみじみとそう思い、自然に笑みが零れた。

第十二章　旅立ちの寂しい朝

輝久は透き通る湖の上に佇んでいた。鏡のような水面が青空を反射して、白い雲が足元を流れていく。

ふと気付けば、湖面に扉が出現している。輝久は、この扉からマキが現れた時のことを思い出す。そして、マキを見て、無意識に涙を流してしまったことも。

（どうしてあの時、俺は泣いたんだろう）

そんなことを考えていると、扉がゆっくりと開かれる。

艶のある金髪が、なびいた。扉から出てきたのは、白いドレスに身を包み、吸い込まれそうな青い目をした美しい女神だった。女神が輝久に近付いてくる。

「……ティア」

輝久は当然のように彼女の名を呼んだ。

「ねえ、テル。どうしてアナタは泣いているの？」

ティアは不思議そうな顔でそう言った。輝久は流れ落ちる涙もそのままにティアに言う。

「扉から出てくるのが……ティアじゃない気がして……！」

輝久の声は震え、涙が止め処なく溢れた。

「ティアが！　ティアが俺の担当女神じゃなくなる気がして！　そう思ったら、何だか悲しく

て！　だから……！」

ティアは泣きじゃくる輝久の様子を見てクスクスと笑う。

「バカね。いなくなる訳ないじゃない」

そして、光の女神は輝久の傍まで歩み寄ると、輝久の腕に自らの細い腕を絡める。

「６万回以上も一緒に冒険してきたのよ。これからも私はずっとテルの傍にいるわ」

そう言って輝久を見上げる。ティアの顔は少し赤らんでいた。

「もう！　こんなこと言わせないでよ！」

「ティア」

輝久はティアを抱きしめる。最初、驚いて体を強ばらせたティアだったが、やがて輝久の体に腕を回して、互いに抱き合った。

寂しくて、愛おしくて、もう二度と離したくなくて――輝久はティアを抱く腕に力を込めた。

その時、不意に、扉を叩く音が聞こえた。

ティアが出てきた扉を、誰かが向こう側からドンドンと叩いている。扉を叩く音は徐々に激しくなり、そして――。

◇　◇　◇

「……おーい、テル！　準備できてるかー？」

輝久が目を覚ますと、遠慮のないクローゼのノックが部屋に鳴り響いていた。

ガチャッと勝手にドアノブが回り、笑顔のクローゼが現れる。その後にはネィムとユアン、マキが続く。

「おはようございますです！」

ネィムが元気に言った。「ああ」と輝久は寝ぼけ眼《まなこ》を擦りつつ、ベッドから上半身を起こす。頭がぼうっとしていた。

「ったく。寝坊かよ。しょうがねえなあ」

「仕方ないよ、クローゼ。テルは疲れてたんだから」

ユアンの言葉を聞きながら、段々と記憶がハッキリしてくる。

武芸大会の後、ユアンとクローゼの家で行われた仲間達だけのささやかな祝勝パーティ。飲んで歌って騒いだ後、ユアンに『ちゃんと寝ないと風邪引くよ』と言われ、個室に移ったのだった。

ユアンが心配げな顔で輝久に問う。

「もしかして、また怖い夢を見たのかい？」

「いや。あんまり覚えてないけど……昨日のはきっと、ホントの夢だったと思う」

「ハッハハ。夢にホントも嘘もないだろうによ」

クローゼが笑う。輝久も少し笑いながら、見るともなくマキを眺めた。そういえば、どことなくマキに関係した夢だった気がする。

「初めてマキに会った時の夢だったかな」

ハッキリとは思い出せない。でも、分からないけど……。

（とても悲しい夢だった気がする）

ふと、マキが目からオイルを流していることに輝久は気付く。

「マキ。目から漏れてるぞ」

輝久はマキの顔を指さす。マキは気付いたようで、両目をパチクリさせた。

「不思議デス。考え事をしていタ訳ではナイのデスが」

輝久はベッドから出て、マキに近寄ると、手拭いで目の周りをゴシゴシと拭いた。

「ほら。こっち向け」

「お気遣イ感謝いたしマス」

マキの隣ではネィムがこの様子を見て、微笑んでいる。

「マキちゃんと勇者様の仲が良いと、ネィムも何だか嬉しいのです！」

黒いオイルが肌に残らないように丁寧に拭き取る。あらかた綺麗になると、クローゼが輝久の肩を叩いた。

「準備ができたら行こうぜ！」

「え？　行くって、どこへ？」

「しっかりしろよ、テル！　仲間も揃って、武芸大会も終わった！　これから、魔王を倒す冒険に行くんだろ！」

「あ、そっか。魔王から農作物を守らなきゃいけないんだっけ。あんまり、やる気でないけど」

「そりゃ皆、同じ気持ちだ！　アタシだって農作物を守る旅なんて全然死ぬ程行きたかねえ！　テルと一緒だから仕方なしに行くんだ！」

「そ、そう……！　何か、ごめん……！」

「とにかく、外で待ってるからさ！　着替えたら来いよ！」

皆が部屋を出ていった後、輝久は鎧を身に付ける。最初は戸惑ったが、今は慣れたもので数分も掛からなかった。

輝久が準備を終えて、外に出るとユアンが微笑んだ。

「準備できたみたいだね。じゃあ、行こうか」

「アルヴァーナの平和を守りましょうです！」

ネィムが叫び、マキが同意するように「オー」と両手を上げる。

「悪い魔王を懲らしめに行こうぜ！」

クローゼもニカッと笑う。皆、今にも出発しようとしているので、輝久は眉間に皺を寄せた。

「おいおい。ちょっと待ってやれって。置いてったら後で怒られるぞ」

輝久はクローゼの家を振り返る。視線を戻すと、ユアンとクローゼ、そしてネィムがきょとんとした顔で輝久を見詰めていた。

「何言ってんだよ、テル？」

「『置いてったら』って誰を、なのです？」

「誰って、そんなの――」

決まってるだろ、と言いかけて輝久は言葉を失う。クローゼが不思議そうに言う。

「妙なこと言うなよ。テルの仲間はマキとネィム、アタシと兄貴だけだろ」

「そう……だよな。あれ？　何言ってんだろ、俺？」

「テルはまだ寝ぼけテいるようデス」

輝久のパーティメンバーが揃って笑う。輝久も愛想笑いを返したが、心の中は靄《もや》が掛かったようにすっきりしなかった。

(何か忘れてる気がする。何か、すごく大切なことを)

不意に、手に冷たい感触。ハッとして我に返ると、マキが輝久の手を握っていた。

「テル。行きまショウ」

「あ、ああ。そうだな」

マキに手を引かれ、輝久は歩き出す仲間達の後に続く。

ほのぼの世界の優しい仲間達と笑い合いながら、武芸都市ソブラを出る瞬間。

『それで良いのよ。テル』

懐かしい女性の声が聞こえた気がして輝久は背後を振り返ったが、そこには誰もいなかった。

猫を拾ったら聖獣で犬を拾ったら神獣で最強すぎて困る 1・2

Neko wo hirottara Seiju de
Inu wo hirottara Shinju de
Saikyo sugite komaru

著 マーラッシュ

どう見ても子猫な　どう見ても黒柴な

白虎とフェンリルを拾ったら…

最強すぎて頼られまくり!?

追放された冒険者の成り上がり異世界ライフ、開幕!

所属していたパーティーの勇者にして帝国の皇子ギアベルの横暴に耐えかね、わざと追放された転生者、ユート。しかし、想定以上に皇子の怒りを買ったユートは帝国からも追放されてしまう。こうなれば旅に出て、スローライフを満喫しようと決意したユートだったが、ひょんなことから喋る猫と犬を拾う。彼らはわけあって下界にやってきた聖獣白虎と神獣フェンリルのようで……

●Illustration：たば　●各定価：1430円（10%税込）

この作品に対する皆様のご意見・ご感想をお待ちしております。

おハガキ・お手紙は以下の宛先にお送りください。

【宛先】

〒150-6019 東京都渋谷区恵比寿 4-20-3 恵比寿ｶﾞｰﾃﾞﾝﾌﾟﾚｲｽﾀﾜｰ 19F
（株）アルファポリス　書籍感想係

メールフォームでのご意見・ご感想は右のＱＲコードから、
あるいは以下のワードで検索をかけてください。

アルファポリス　書籍の感想　検索

ご感想はこちらから

本書はWebサイト「アルファポリス」（https://www.alphapolis.co.jp/）に投稿されたものを、改題、改稿、加筆のうえ、書籍化したものです。

機械仕掛《きかいじか》けの最終勇者《さいしゅうゆうしゃ》

土日月（つちひらいと）

2025年　4月　30日初版発行

編集ー八木響・村上達哉・芦田尚
編集長ー太田鉄平
発行者ー梶本雄介
発行所ー株式会社アルファポリス
〒150-6019 東京都渋谷区恵比寿4-20-3 恵比寿ｶﾞｰﾃﾞﾝﾌﾟﾚｲｽﾀﾜｰ19F
TEL 03-6277-1601（営業）　03-6277-1602（編集）
URL https://www.alphapolis.co.jp/
発売元ー株式会社星雲社（共同出版社・流通責任出版社）
〒112-0005 東京都文京区水道1-3-30
TEL 03-3868-3275
装丁・本文イラストーすみ兵
装丁デザインーAFTERGLOW
印刷ー中央精版印刷株式会社

価格はカバーに表示されてあります。

落丁乱丁の場合はアルファポリスまでご連絡ください。

送料は小社負担でお取り替えします。


ISBN978-4-434-35346-8　C0093